가깝고도 먼 나라, 일본

일본은 우리 나라와 가장 가까운 이웃 나라예요. 대한 해협이라는 바다만 건너면 일본이거든요. 일본과 우리 나라는 일찍이 삼국 시대부터 서로 교류가 있었어요. 우리 나라 사람들이 일본에 학문과 문화를 가르쳐 주었지요. 불교도 전해 주고요. 그래서 우리 나라와 일본은 여러 면에서 비슷한 점이 많아요.

그런데 일본은 몇 번이나 우리 나라를 침략했어요. 우리 나라를 강제로 빼앗고 36년 동안이나 자기네 마음대로 다스린 적도 있어요. 그래서 예전에는 일본을 가깝고도 먼 나라라고 여겼지요.

하지만 요사이는 2002년 월드컵 축구 대회를 함께 여는 등 친한 이웃 사촌으로 서로 도우며 사이좋게 지내고 있어요.

이 책은 일본 초등 학교 교과서에 실린 작품 중에서 우리 어린이들에게도 권하고 싶은 아름답고 재미있는 동화와 동시를 골라 엮었어요. 일본다움이 물씬 묻어나는 정겨운 글과 함께 일본의 이모저모를 공부해 보세요!

일본 도쿄에서 김성규

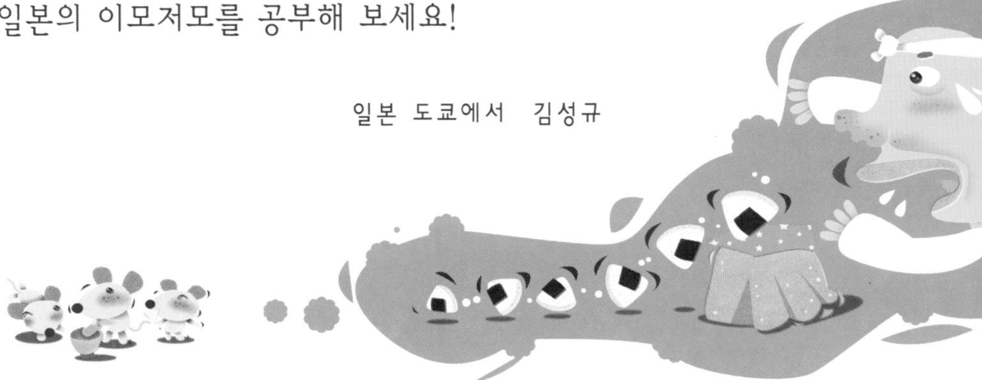

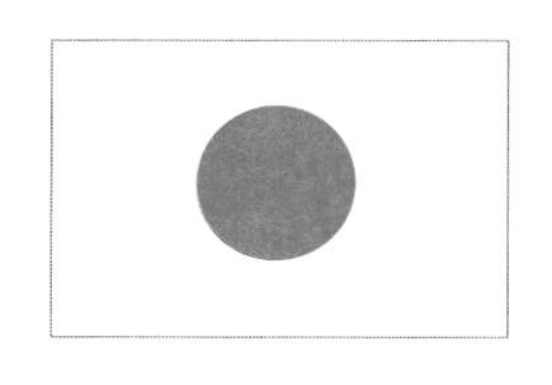

일본(日本, Japan)

일본은 예부터 우리 나라와 중국의 깊은 영향을 받은 나라로 우리 나라와 중국에서 '왜'라고 불렀다. 홋카이도(北海道), 혼슈(本州), 규슈(九州), 시코쿠(四國) 등 4개의 주요 섬과 500여 개의 작은 섬들로 이루어진 섬나라이다.

- 위치 : 동북 아시아
- 면적 : 37만 7835㎢
- 인구 : 약 1억 3천만 명
- 수도 : 도쿄
- 정체 : 입헌군주제
- 공용어 : 일본어
- 화폐 단위: 엔(¥)
- 나라꽃 : 벚꽃

차 례

여우는 바보(만화) 9

병아리 21

주먹밥 데구루루 25

바닷가의 새끼 고양이 31

물레 돌리는 너구리 41

도망가 버릴 테야 49

토끼와 장화 55

깨어진 밥그릇 61

편지 69

이상한 소풍 77

생선 장수 어머니 83

마두금 89

자전거 청소 105

꼬마 손님 109

이상한 보따리 123

어머니의 눈 138

송사리 세 마리 146

아침 교실(동시) 155

까망이 157

나는 무엇으로 만들어졌을까 162

사자와 코끼리의 알 179

논술 기초 다지기 191

손바닥 백과

일본의 전통 옷차림 20

일본의 전통 스포츠, 스모 82

일본의 수도, 도쿄 122

지진이 무서워요 156

일본을 상징하는 후지 산 178

여우는 바보

여어~
여우 친구,
안녕?

늑대 친구,
안녕?

그런데
자네 무슨 일
있었나?

아…
아닐세.
틀림없이
무슨 일이
있어.
늑대도
모두 알고
있는 게
아닐까?
자, 그러지 말고
솔직하게 이야기해 보게.
문제가 있다면 내가
도와 줄 테니.
저어…
사실은….

맛있
겠다

잠깐!

뭐야?

나를 잡아먹지
않겠다고 약속하면
토끼 100마리가
살고 있는 곳을
가르쳐 줄게.

뭐라고?
100마리?
정말?

좋아! 하지만
거짓말이면
가만 안 둘
거야!

따라오기나
하라고!

자, 여기야!

이게 토끼굴
이라고?
아무리 봐도
우물인데.

우물처럼
보이지만
사실은
토끼굴이야.

생각을 해 봐.
토끼 100마리가
다니려면 굴이
이렇게 커야
하지 않겠어?

음,
그렇군.

앗! 토끼 10마리가 지나간다!
아니, 50마리!
아니, 100마리다!

비켜 봐!
나도 좀 보게.

우물 속이라서
그런지, 캄캄
한 게 도대체
잘 보이지
않는걸.
좀더
머리를
들이밀어
봐.

그래도
잘 안
보여.
으흐흐!

뻥

우아악!

여우 살려!
멍청한
여우!

그 일이 마을에
온통 소문이 난
모양이야.

어허.
이거 자네 체면이
말이 아니겠는걸.
거참!

그래, 그거야!
나에게 그 토끼를 혼쭐낼 아주 멋진 생각이 떠올랐어!

그래? 어떤 생각인데?

자네는 당장 집으로 달려가서 죽은 척하고 있게.
그러면 내가 토끼에게 가서 자네가 죽었다는 소문이 있다고 알릴 테니까.
어서 집으로 가서 내 이야기대로 하고 있게.

그리고 토끼가 자네가 죽은 줄 알고 달려 오면…
잡아먹는 거야!

좋아!

하지만 토끼가 속을까?
토끼 걔는 꾀가 많잖아…….

토끼가 와서
자네 머리에 손을
얹기 전까지는
단 한 마디도
해서는 안 돼.
자네가
토끼를 잡아
먹지 못한다면
내가 연기처럼
사라져
줄게.
푸시식~

그럼 난
토끼한테
가 볼게.
좋아!

똑똑

나야,
친구.
누구
세요?

친구라고?
누구지?

늑대잖아!
무슨 일이야?

글쎄, 여우가 죽었대. 오늘 아침에 말야.

그런데 왜 상복을 입지 않았어?

지금 입으러 가는 길이야. 이따가 여우네 집에서 보자.

어쩐지 수상한데…. 한번 가 볼까?

아무도 없네. 이상해….

정말
죽었나 봐.

흐흐흐, 바보 같은
토끼……. 정말
속아넘어가네.

들어가 볼까?

아니지.
확인을 해
봐야겠다.

그런데 정말 죽었을까?
이상하다.
죽은 이를 누군가
찾아오면
죽은 이가
뒷발을
들어올리고
'야호!' 하고
소리친다던데
말야….

'야호!' 하고 소리쳐?
그런 이야기는 난생
처음 듣는데….

여우는 죽은 게 아닌 모양이야!

야호!

속았구나!
나쁜 녀석!

하히,
여우는 바보,
멍청이!

손바닥 백과

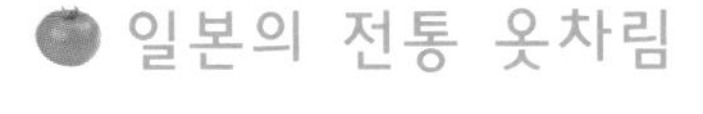

일본의 전통 옷차림

요사이는 일본 사람들도 대부분 서양식 옷차림을 하지만, 결혼식이나 특별한 행사 때는 전통 의상인 기모노를 입습니다.

기모노는 소매가 넓고 품이 넓은 일종의 원피스로, 옷고름이나 단추가 없이 '오비'라는 넓은 천으로 묶습니다. 또한 옷에 호주머니가 없는 대신에 소매 끝이 호주머니 대용으로 사용할 수 있는 구조로 되어 있어요. 기모노는 고급 비단으로 만들며, '걸어다니는 미술관'이라고 부를 만큼 아름다운 무늬나 그림이 새겨져 있어요.

기모노를 입을 때는 '다비'라는 버선처럼 생긴 양말을 신고 '조리'라는 신발은 신는대요.

병아리

병아리가 연못가에서 울고 있었어요.

연못에 놀러 나온 아기오리가 병아리에게 다가 왔어요.

"왜 그러니?"

"저 쪽으로 건너가고 싶어."

"나처럼 해 보렴."

아기오리가 헤엄을 쳐 보였어요.

"하지만 나는 헤엄을 못 치는걸."

바로 그 때 꿀벌이 날아왔어요.

"나를 따라오렴."

꿀벌은 연못 위를 '붕~' 하고 날아 보였어요.

"나는 날지 못하는걸."

이번에는 토끼가 왔어요.
"잘 봐. 이렇게 뛰어넘는 거야."
토끼는 깡충 뛰어넘어 보였어요.
"나는 그렇게 뛰어넘지 못하는걸."

그 때 연못 저 쪽에 엄마닭이 나타났어요.
병아리가 큰 소리로 물었어요.
"엄마, 어떻게 하면 그리 갈 수 있어요?"

"연못가를 돌아서 오렴."

"그렇구나. 그거라면 저도 할 수 있어요."

병아리는 연못가를 돌아 엄마닭이 있는 곳으로 갔어요.

주먹밥 데구루루

옛날옛날 어느 곳에 할아버지와 할머니가 살고 계셨어요.

어느 날, 할아버지는 산에 있는 밭을 갈러 가셨어요. 할아버지가 열심히 땅을 일구다 보니 어느새 점심때가 되었어요.

"자, 할멈이 만들어 준 주먹밥을 먹어 볼까? 으라차!"

할아버지는 나무 그루터기에 걸터앉아 주먹밥을 먹으려고 했어요. 그런데 글쎄 주먹밥 하나가 땅으로 툭 떨어졌어요. 주먹밥은 데굴데굴 구르더니 구멍 속으로 쏙 들어가 버렸어요.

그러자 노랫소리가 들려 왔어요.

♪ 주먹밥 데구루루 덱데굴

데굴데굴 데구루루 덱데굴 ♪♪

할아버지는 다시 주먹밥
하나를 굴려 보았어요.
그리고 귀를 기울이고 있으려니까,
글쎄 조금 전의 노랫소리가 또다시 들려 오지
뭐예요.

"야, 그 노래 정말 재미있다!"

할아버지는 노래가 너무 재미있어서 남은 주먹밥을 모두 구멍 속으로 굴렸어요.

할아버지는 마침내
"데굴데굴 데구루루 덱데굴."
하고 노래를 부르며 덩실덩실 흥겹게 춤을 추기 시작했어요.

그러다 할아버지는 자기도 모르게 구멍 속으로 굴러 떨어지고 말았어요.

할아버지는 눈을 비비고 주위를 둘러보았어요.

그랬더니 작은 쥐들이

"할아버지 데구루루 덱데굴."

하고 노래하면서 떡을 찧고 있지 뭐예요.

할아버지를 보자 쥐들이 입을 모아 말했어요.

"할아버지, 주먹밥을 많이 주셔서 감사합니다!"

쥐들은 할아버지에게 맛있는 떡을 대접했어요. 게다가 할아버지를 위해 춤도 추어 주었어요.

할아버지도

"데굴데굴 데구루루 덱데굴."

하고 쥐들과 함께 춤을 추었어요.

이윽고 할아버지가 말했어요.

"할머니가 기다릴 테니 돌아가야겠어요, 쥐님들. 고마웠어요. 그럼 잘 있어요."

할아버지는 쥐들이 선물한 작은 방망이를 가지고 돌아왔어요.

할아버지와 할머니가 방망이를 흔들자 쌀과 금돈이 좌르르좌르르 쏟아져 나왔어요.

할아버지와 할머니는 오래오래 행복하게 살았답니다.

바닷가의 새끼 고양이

바람도 잔잔하고 물결도 잔잔한 해질 무렵의 바닷가입니다. 갈매기가 느릿느릿 하늘을 날고 있습니다.

누가 새끼 고양이를 버렸나 봅니다. 외로운 새끼 고양이가 말했습니다.

"부럽다. 나도 하늘을 날아 봤으면……."

그 때 게가 모래 속에서 기어나와 새끼 고양이의 엉덩이를 꽉 집었습니다.

"아얏!"

새끼 고양이는 펄쩍 뛰어올랐습니다.

"하하하, 날았지?"

"날았다고? 아니야. 나는 조금도 난 것 같지 않은걸."

새끼 고양이가 투덜거리자 게가 재빨리 말했습니다.

"그럼 재미있는 일을 찾으러 가자."

새끼 고양이는 걷기 시작했습니다.

게는 슬그머니 새끼 고양이의 꼬리에 매달렸습니다.

모래밭 저 너머에 바위산이 있었습니다.

그 위에서 갈매기들이 웅성거리고 있었습니다.

"무슨 일이지? 얼른 가 보자."

바위산 꼭대기에서 갈매기 한 마리가 푸드덕푸드덕 버둥거리고 있었습니다.

"아니, 왜 저러지?"

"낚시꾼이 버리고 간 낚싯줄에 날개가 뒤엉켰어."

한 갈매기가 슬픈 표정으로 말했습니다.

하늘에서는 또 다른 갈매기가 걱정스럽게 빙빙 돌았습니다.

"그거라면 내가 도와 주지. 자, 게 너도 도와 줘."

새끼 고양이는 발톱으로 낚싯줄을 싹둑, 게는 집게로 낚싯줄을 싹둑 잘랐습니다.

갈매기는 완전히 기운을 되찾아 커다란 날개를 펼치고 힘차게 날아갔습니다.

"부럽다. 나도 하늘을 날아 봤으면……."

새끼 고양이가 한숨을 쉬며 하늘을 올려다보았습니다.

그러자 까마귀가 다가왔습니다.

"뭐라고? 도둑고양이가 하늘을 날고 싶다고? 좋아, 가르쳐 주지."

까마귀는 바위산 꼭대기로 가서 날개를 활짝 폈습니다.

"잘 봐. 이렇게 하고 바다를 향해 날아 내려가는 거야. 그렇게 하면 바람이 날려 주거든."

까마귀는 미끄러지듯이 바다 위를 날아 갔습니다.

참 쉬워 보였습니다.

"좋아, 나도 해 보자."

새끼 고양이는 바위 끝에 서서 가슴을 폈습니다.

"앗, 멈춰! 까마귀가 거짓말한 거야!"

게가 깜짝 놀라서 꼬리 끝에서 크게 소리 쳤습니다.

그러나 너무 늦었습니다.

"얍!"

새끼 고양이는 바위를 박차고 하늘로 날아올랐습니다.

바람이 새끼 고양이의 가슴으로 불어 왔습니다. 하지만 새끼 고양이에게는 날개가 없었습니다.

풍덩!

새끼 고양이는 눈 깜짝할 사이에 바닷속으로 곤두박질쳤습니다.

"뭐야, 뭐?"

바닷물고기들이 떼지어 몰려와 새끼 고양이를 쿡쿡 찔렀습니다.

"저 쪽으로 가! 옆에 오면 집게로 싹둑 자를 테야."

꼬리 끝에서 게가 소리쳤습니다.

하늘에서 심술꾸러기 까마귀가 웃었습니다.

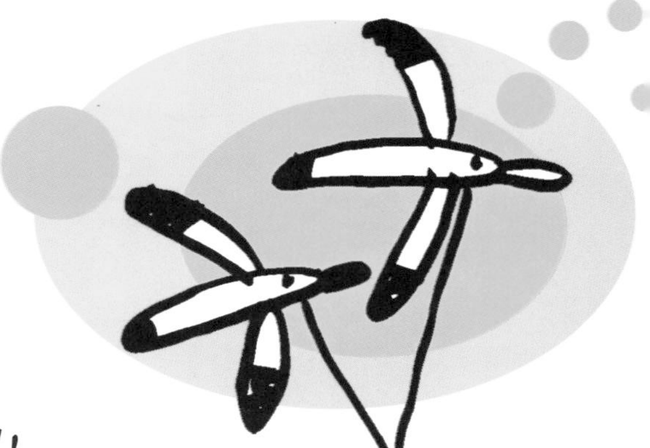

"고양이가 하늘을

난다고? 흥!"

푸드덕, 푸드덕, 푸드덕!

갑자기 날개 소리가 나면서 갈매기들이 새카맣게 날아왔습니다.

"꼬마 고양이야, 힘내! 이번에는

내가 도와 줄게."

아까 그 갈매기가 친구들과 함께 밧줄을 물고 있었습니다.

"자, 이것을 붙잡아!"

새끼 고양이가 재빨리 밧줄을 잡자 갈매기는 힘껏 하늘로 날아올랐습니다.

"야호! 내가 하늘을 난다!"

새끼 고양이는 기뻐서 날뛰며 정신 없이 소리를 질렀습니다.

바다 저 쪽이 저녁놀에 물들어 밝게 빛나고 있었습니다.

갈매기는 새끼 고양이를 모래 사장에 살짝 내려 주었습니다.

"후유, 놀랐다. 기분이 어땠어?"

게가 새끼 고양이에게 물었습니다.

"최고였어. 짠물에 잠수도 하고, 저녁놀에 물든 하늘도 날고."

새끼 고양이는 자랑스럽게 가슴을 폈습니다.

"그럼 게야, 안녕! 정말 고마웠어."

새끼 고양이는 꼬리를 꼿꼿이 세우고 마치 자기 집 뜰을 거닐듯이 저녁놀에 물든 모래 사장을 똑바로 걸어갔습니다.

잠수 : 물 속에 잠김.

물레 돌리는 너구리

어느 깊은 산 속 외딴집에 나무꾼 부부가 살고 있었어요.

깊은 산 속에 자리잡은 외딴집이라서 그런지 밤마다 너구리가 찾아와서 장난을 쳤어요. 그래서 나무꾼은 덫을 놓았지요.

달빛이 아름다운 밤, 나무꾼의 아내가 물레를 돌려 실을 잣고 있었어요.

♪끼~ 칠컥칠컥 끼~ 칠컥칠컥
끼~ 빙글빙글 끼~ 빙글빙글 ♪♪

문득 이상한 생각이 든 나무꾼의 아내가 주위를 살펴보았어요. 찢어진 창호지 구멍으로 두 개의 동그란 눈동자가 이 쪽을 들여다보고 있지 뭐예요.

빙글빙글 도는 물레를 따라 두 개의 눈동자도 빙글빙글 돌았어요. 그리고 달빛이 비치는 창호지에 물레를 돌리는 흉내를 내는 너구리의 그림자가 비쳤어요.

나무꾼의 아내는 터져 나오려는 웃음을 가까스로 참고 가만가만 물레를 돌렸어요.

그 후로도 너구리는 밤마다 찾아와서 물레를 돌리는 흉내를 냈어요.

'장난꾸러기이지만 참 귀엽네.'

어느 날 밤, 오두막집 뒤쪽에서 '캑!' 하는 비명소리가 들렸어요. 나무꾼의 아내가 살금살금 가 보니 바로 그 너구리가 덫에 걸려 있었어요.

"이걸 어떡해? 덫에 걸리면 안 되지. 너구리탕이 되면 어쩌려고?"

나무꾼의 아내는 너구리를 덫에서 빼내 주었어요. 조심조심 아프지 않게요.

어느덧 산의 나뭇잎이 떨어지고 겨울이 찾아왔어요. 눈이 내리기 시작하자 나무꾼 부부는 마을로 내려갔어요.

세계 교과서 동화
46

겨울이 가고 봄이 되자 나무꾼 부부는 산 속에 있는 오두막집으로 돌아왔어요.

문을 연 나무꾼은 깜짝 놀랐어요.

마루방에 하얀 실뭉치가 산더미처럼 쌓여 있었어요. 게다가 먼지투성이여야 할 물레에는 감다 만 실까지 걸려 있었어요.

'그거 참 이상하네. 어떻게 된 일이지?'

나무꾼의 아내는 그렇게 생각하면서 밥을 짓기 시작했어요. 그런데

♪ 끼~ 칠컥칠컥 끼~ 칠컥칠컥

끼~ 빙글빙글 끼~ 빙글빙글 ♪♪

하고 물레 돌리는 소리가 들려 왔어요.

나무꾼의 아내가 깜짝 놀라 돌아보니, 판자문 뒤

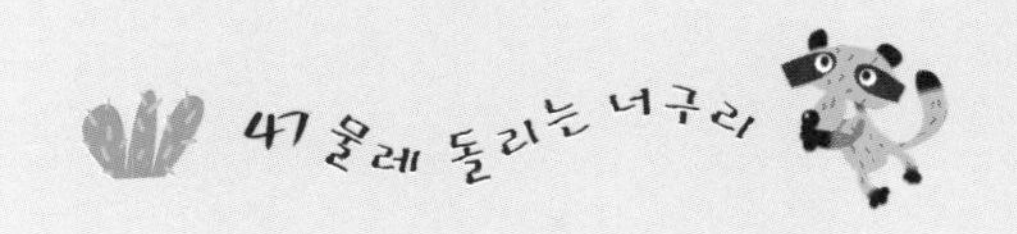

로 갈색 꼬리가 흘끗 보였어요.

살그머니 들여다보니 그 때 그 너구리가 멋진 솜씨로 실을 잣고 있었어요. 실잣기를 끝낸 너구리는 이번에는 나무꾼의 아내가 늘 했던 대로 실을 다발로 지어 옆에 포개어 쌓았어요.

너구리는 문득 나무꾼의 아내가 들여다보고 있는 것을 알아차렸어요.

너구리는 밖으로 펄쩍 뛰어내렸어요. 그리고 즐거워서 참을 수 없다는 듯이 폴짝폴짝 춤을 추면서 돌아가더래요.

도망가 버릴 테야

호기심 많은 아기토끼가 있었어요.

어느 날, 아기토끼는 집을 나가 어디론가 가 보고 싶어졌어요.

그래서 엄마토끼에게 말했어요.

"엄마, 나 도망가 버릴 테야."

그러자 엄마토끼가 말했어요.

"네가 도망가면 엄마는 너를 따라갈 거야. 너는 너무너무 귀여운 내 아기이니까."

"엄마가 따라오면 나는 시냇물의 물고기가 되어 헤엄쳐 갈 테야."

"네가 시냇물의 물고기가 되면 엄마는 낚시꾼이 되어 너를 낚아 올릴 텐데?"

"엄마가 낚시꾼이 되면 나는 엄마보다도 훨씬 더 키가 큰 산 위의 바위가 될 거야."

"네가 높은 산 위의 바위가 되면 엄마는 등산가가 되어 네가 있는 곳까지 올라갈 텐데?"

"엄마가 등산가가 되면 나는 정원의 크로커스가 되어 버릴 테야."

"네가 뜰의 크로커스가 되면 엄마는 정원사가 되어 너를 찾아 내고 말 거야."

"엄마가 정원사가 되면 나는 작은 새가 되어 도망가 버릴 테야."

"네가 작은 새가 되어 도망가면 엄마는 나무가 되어 네가 앉으러 오기를 기다릴 거야."

"엄마가 나무가 되면 나는 작은 요트가 되어 도망갈 테야."

"네가 요트가 되어 도망가면 엄마는 바람이 되어 내가 좋아하는 곳으로 불어서 요트를 데려갈 거야."

"엄마가 바람이 되어 나를 날려 보내면 나는 서커스에 들어가 공중 그네를 타고 달아날 테야."

"네가 공중 그네를 타고 도망가면 엄마는 줄타기를 하여 네가 있는 곳으로 갈 거야."

"엄마가 줄타기를 하여 나를 잡으러 오면 나는 사람의 아이가 되어 집 안으로 도망갈 테야."

"네가 사람의 아이가 되어 집 안으로 달아나면 나는 엄마가 되어 그 아이를 붙잡아 꼭 안아 줄 거야."

"그럼 집에 그대로 있으면서 엄마의 아이로 있는 거나 마찬가지잖아."

그래서 아기토끼는 도망치려고 하던 생각을 그만두었어요.

"자, 도련님. 당근 좀 드실래요?"

엄마토끼가 빙그레 웃으며 당근을 내밀었어요.

토끼와 장화

어젯밤에 바람이 사납게 불어서 숲 여기저기에 나무가 쓰러져 있었어요.

토끼가 산책을 하러 밖으로 나왔어요. 토끼는 쓰러진 나무 위를 깡충 뛰어넘었어요.

문득 토끼는 이상한 것을 발견하고 멈춰 섰어요.

'어! 이상한 것이 떨어져 있네.'

그것은 장화였어요. 어린이가 신는 분홍색 고무 장화였지요.

가까이에 있는 나무에 부엉이가 앉아 있었어요.

토끼가 부엉이에게 물었어요.

"부엉이님, 이게 뭐예요?"

부엉이는 힐끗 쳐다보더니 얼른 눈을 감고 으스대듯이 말했어요.

"흐음, 그건 모자야."

그래서 토끼는 장화를 머리에 썼어요.

토끼는 잔뜩 으스대며 걷다가 이번에는 여우를 만났어요.

"이 모자, 저한테 잘 어울리죠?"

토끼가 말하자 여우가 웃었어요.

"그건 모자가 아니야. 꽃병이야."

여우는 '캑캑!' 하고 기침을 하더니 눈물이 나오리만큼 웃었어요.

토끼는 후닥닥 장화를 벗었어요. 그리고 길가의 꽃을 꺾어 가지고 돌아와, 장화 꽃병에 풀꽃을 꽂았어요.

때마침 곰이 놀러 왔어요.

"어때요? 꽃병 참 멋있죠?"

그러자 곰이 말했어요.

"그건 꽃병이 아니야. 채소를 담는 시장바구니라고."

토끼는 장화 시장바구니를 들고,

"곰 아저씨, 맛있는 음식을 만들어 드릴 테니 기다리고 계세요."

하고 말하고 시장을 보러 갔어요.

토끼의 집에 혼자 남게 된 곰은 골똘히 생각해 보았어요.

'어쩌면 꽃병이 맞는지도 모르겠군. 꽃병이 맞다면 이게 무슨 망신이람.'

곰은 부리나케 토끼네 집에서 도망쳤어요.

한편, 토끼는 당근을 사서 시장바구니에 넣었어요. 그리고 돌아오는 길에 붉은가슴울새의 집 앞을 지나게 되었어요.

"어머머, 토끼님. 그건 시장바구니가 아니에요. 구두예요."

붉은가슴울새가 가르쳐 주었어요.

토끼는 재빨리 장화 속에서 당근을 꺼냈어요. 그리고 뒷다리의 두 발을 모두 장화에 넣고 걸으려고 했어요.

꽈당!

뒤뚱거리던 토끼는 넘어지고 말았어요.

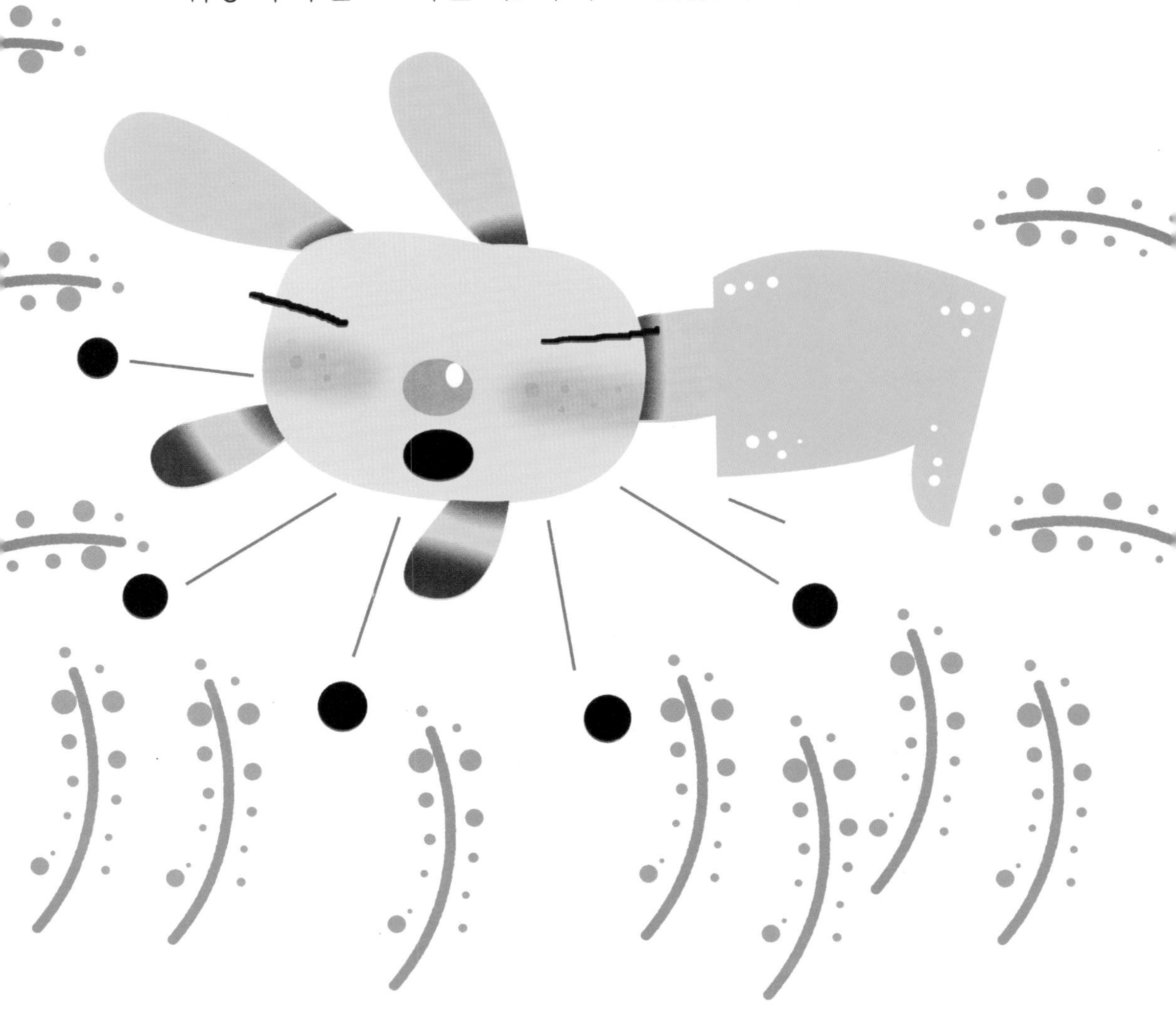

토끼는 장화를 벗어 들고 다람쥐에게 갔어요. 다람쥐는 넝마장수였지요.

"다람쥐님, 이걸 사시지 않겠어요?"

토끼가 장화를 내밀자 다람쥐는 눈을 동그랗게 뜨고 말했어요.

"그건 우리 집이오. 어젯밤에 바람에 날아가 찾고 있던 참이라오."

토끼는 옆의 나뭇가지에 장화를 올려놓았어요. 그리고 머리를 감싸쥐고 깡충깡충 뛰어 집으로 돌아갔어요.

넝마장수 : 돌아다니면서 넝마를 주워다 파는 사람.

깨어진 밥그릇

쓰레기 더미 옆에 깨어진 밥그릇이 버려져 있습니다. 누가 이런 좋은 밥그릇을 깨뜨렸을까요? 어떤 어린이가 밥을 먹으면서 한눈을 팔다가 밥그릇을 떨어뜨린 게 아닐까요?

깨어진 밥그릇 조각 하나에는 나팔을 부는 개 그림이 그려져 있습니다. 또 다른 조각에는 춤을 추는 고양이 그림이 그려져 있습니다.

나팔을 부는 개와 춤을 추는 고양이는 본래는 하나의 그릇에 나란히 그려져 있었습니다. 그러던 것이 그릇이 깨어지는 바람에 따로따로 떨어지게 된 것입니다.

"나는 나팔을 불어도 고양이가 춤을 추지 않으면 흥이 안 나."

하고 나팔을 부는 개가 말했습니다.

"내가 춤을 추어도 개가 나팔을 불지 않으면 흥이 안 나."

하고 춤을 추는 고양이가 말했습니다.

"따분해, 따분해."

"따분해, 따분해."

그러는 동안에 비가 내리기 시작했습니다. 깨어진 조각 위에 주룩주룩 내렸습니다.

비에 젖어도 밥그릇의 개 그림은 없어지지 않습

니다. 고양이의 그림도 없어지지 않습니다. 오히려 더러움이 씻겨 나가 더욱 또렷해졌습니다.

나팔을 부는 개는 비에 젖어도 나팔을 불고 있습니다. 춤을 추는 고양이는 비에 젖어도 춤을 추고 있습니다.

바로 그 때 개가 다가왔습니다. 밥그릇에 그려진

그림의 개가 아닙니다. 진짜 개입니다. 커다란 들개입니다.

들개는 코를 벌름거리면서 밥그릇 조각을 냄새 맡았습니다.

"흥, 뭐야? 깨어진 밥그릇이잖아."

그 때 밥그릇 조각에 그려진 그림의 고양이가 말했습니다.

"개님, 개님, 나팔을 불어 주세요. 제가 춤을 출 테니."

"뭐라고? 나팔을 불어 달라고? 나는 진짜 개야. 진짜 개는 나팔 같은 거 불지 않아. 게다가 진짜 개는 고양이를 싫어해. 그리고 밥풀 하나 붙어 있지 않은 밥그릇 따위에 관심 없다고. 나는 진짜 개야."

그리고 진짜 개는 사라졌습니다.

잠시 후, 이번에는 고양이가 다가왔습니다. 밥그릇에 그려진 그림의 개가 아닙니다.

진짜 고양이입니다. 커다란 도둑고양이입니다.

도둑고양이는 가르릉가르릉거리면서 밥그릇을 냄새 맡았습니다.

"흥, 뭐야? 깨어진 밥그릇이잖아."

"고양이님, 고양이님, 춤을 추어 주세요. 제가 나팔을 불어 줄 테니."

"뭐라고, 춤을 추어 달라고? 나는 진짜 고양이야. 진짜 고양이는 춤 같은 거 추지 않아. 게다가 진짜 고양이는 개를 싫어해. 그리고 밥풀 하나 붙어 있지 않은 밥그릇 따위에 관심 없다고. 나는 진짜 고양이야."

그리고 진짜 고양이는 사라졌습니다.

'진짜 개와 고양이는 어쩜 저렇게

심술궂을까? 왜 먹는 것말고는 생각하려고 하지 않을까? 저런 개와 고양이가 진짜 개와 고양이라면, 우리는 차라리 그림 개, 그림 고양이인 게 나아.'

하고 그림 속의 개와 고양이는 생각했습니다.

"우리가 그림 개, 그림 고양이로 태어나서 정말 다행이야."

하고 그림 개가 그림 고양이에게 말했습니다.

"맞아, 맞아. 정말 다행이야."

하고 그림 고양이도 말했습니다.

"우리는 언제나 사이좋게 나팔을 불고 춤을 추며 함께 살아 왔잖니. 그런데 이렇게 깨어져 따로따로 떨어지게 되다니, 너무나 슬퍼."

그렇게 말하고 그림 고양이는 훌쩍훌쩍 울었습니다.

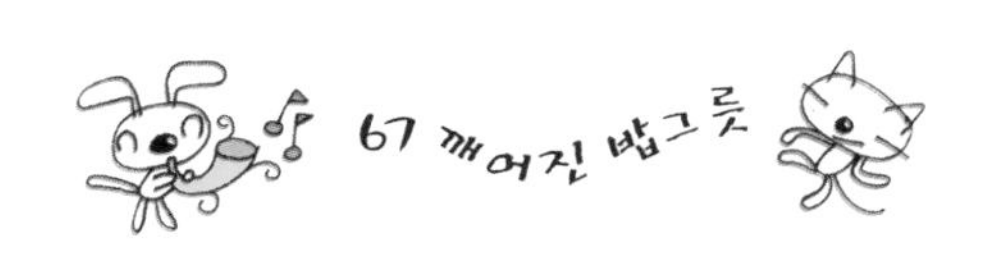

사실은, 빗방울이 밥그릇 조각에 떨어져 또르르 흘렀을 뿐이지만.

그건 그렇고, 누가 밥그릇을 깼을까요? 이렇게 좋은 밥그릇을.

편지

두꺼비가 집 앞에 앉아 있었어요.

지나가던 개구리가 물었어요.

"두꺼비야, 왜 그래? 무척 슬퍼 보이는데."

"응. 지금은 하루 중에서 가장 슬픈 시간이야. 편지를 기다리는 시간이라고. 이 시간이 되면 나는 언제나 내가 이 세상에서 가장 불행하다는 생각이 들어."

두꺼비가 말했어요.

"그게 무슨 말이야?"

개구리가 물었어요.

"나는 아직 편지를 받아 본 적이 없거든."

두꺼비가 말했어요.

"한 번도?"

개구리가 깜짝 놀라며 물었어요.

"응, 단 한 번도 없어. 아무도 나에게 편지를 보낸 적이 없어. 내 우편함은 언제나 텅 비어 있어. 편지를 기다리는 시간이 슬픈 것은 바로 그 때문이야."

두꺼비가 풀이 죽은 목소리로 말했어요.

개구리와 두꺼비는 슬픔에 젖어 집 앞에 앉아 있었어요.

갑자기 개구리가 일어서며 말했어요.

"이제 집에 가 봐야겠어. 꼭 해야 할 일이 있어서 말야."

개구리는 서둘러 집으로 돌아가 연필과 종이를 꺼냈어요. 그리고 종이에 뭐라고 쓰더니 종이를 봉투에 넣었어요.

봉투에는 이렇게 썼어요.

'두꺼비에게'

개구리는 집에서 나와 친구인 달팽이를 찾아갔어요.

"달팽이야, 부탁이 있어. 이 편지를 두꺼비의 우편함에 넣어 주지 않겠니?"

"좋아. 당장 그렇게 할게."

달팽이는 개구리의 부탁을 아무 불평 없이 들어 주었어요.

개구리는 두꺼비의 집으로 돌아갔어요.

두꺼비는 침대에 누워 낮잠을 자고 있었어요.

"두꺼비야, 어서 일어나! 편지를 조금 더 기다려 보는 게 어때?"

"싫어. 이젠 편지 기다리는 거 지긋지긋해. 더 이상 기다리지 않을 거야."

"혹시 누가 두꺼비 너에게 편지를 보낼지도 모르잖아."

"그럴 리 없어. 누가 나에게 편지를 보내겠어?"

개구리는 창 밖을 내다보았어요.

달팽이는 아직도 오지 않고 있어요.

두꺼비야, 어서 일어나!

"하지만 두꺼비야, 오늘은 누가 편지를 보내 줄지도 모르잖아."

"바보 같은 소리 하지 마. 지금까지 아무도 편지를 보내지 않았는데, 오늘이라고 편지를 보내겠어?"

개구리는 창 밖을 내다보았어요. 달팽이는 여전히 오지 않고 있어요.

"개구리야, 너 왜 자꾸만 창 밖을 바라보니?"

두꺼비가 물었어요.

"응, 편지를 기다리고 있거든."

개구리가 조용히 대답했어요.

"하지만 편지는 오지 않아."

두꺼비가 단호하게 말했어요.

"틀림없이 올 거야. 내가 너한테 편지를 보냈으니까."

개구리가 미소지으며 말했어요.

"네가? 편지에 뭐라고 썼는데?"

두꺼비가 물었어요.

"이렇게 썼어. '사랑하는 두꺼비야, 나는 네가 내 친구인 것을 매우 기쁘게 생각해. 너의 친구, 개구리가.'"

개구리가 말했어요.

"참 멋진 편지구나!"

두꺼비가 밝은 목소리로 말했어요.

두꺼비와 개구리는 현관에 나와 편지가 오기를 기다렸어요.

둘 다 더없이 행복한 기분으로 그 곳에 앉아 있었지요.

참으로 오래오래 기다렸어요.

달팽이는 나흘 뒤에야 두꺼비네 집에 도착했어

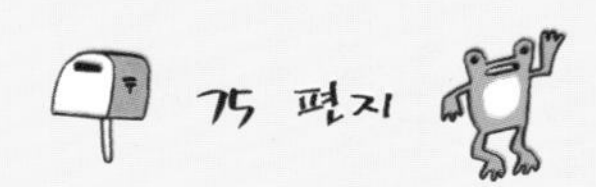

요. 달팽이는 드디어 개구리가 보낸 편지를 두꺼비에게 건넸지요.

편지를 받은 두꺼비는 펄쩍펄쩍 뛰어오르며 기뻐했어요.

이상한 소풍

소풍 가기 전날, 나는 감기 때문에 학교에 가지 못했어요.

다음날 아침에 눈을 뜨자마자 나는 부엌으로 달려가 어머니께 말씀드렸어요.

"이제 감기 다 나았어요. 저, 오늘 소풍 가도 되지요?"

하지만 어머니께서 이렇게 말씀하시지 뭐예요.

"안 돼. 아직 기침도 나오고, 버스 속에서 콜록콜록하면 다른 사람들에게 폐를 끼치게 되잖니?"

약도 두 번이나 먹고 밥도 많이 먹었는데도 소풍을 가지 못하게 되자, 나는 무척 슬펐어요.

머리를 빗고 계시던 아버지께서

"이다음에 온 가족이 배낭을 메고 공원에라도 가자."

하고 말씀하셨어요.

그래서 아쉽지만 참기로 했어요.

나는 잠을 자면서도, 지금쯤 친구들은 무엇을 하고 있을까 하고 생각했어요.

어머니께서 점심때 시장을 보고 오시더니 말씀하셨어요.

"어머나, 책을 읽고 있었구나? 네가 깜짝 놀랄 일이 있단다. 모두 준비될 때까지 책을 읽고 있으렴."

나는 무슨 영문인지 몰랐지만 계속해서 책을 읽었어요.

"다 되었다. 이제 그만 일어나렴."

얼마 후에 어머니의 목소리가 들렸어요.

일어나 보니 방 안에 돗자리가 깔려 있고, 과자와 빵을 넣은 배낭이 놓여 있었어요.

"이게 뭐예요?"

"소풍놀이야. 엄마가 선생님이 될게."

어머니 말씀을 듣고 나는 웃음을 터뜨리고 말았어요.

어머니와 나는 과자를 맛있게 나눠 먹었어요.

"그래도 소풍 기분은 나지?"

어머니께서 장난스럽게 말씀하셨어요.

조금 쓸쓸하기는 하지만 즐거운 방 안에서의 소풍이었답니다.

손바닥 백과

일본의 전통 스포츠, 스모

일본 사람들도 갖가지 스포츠를 즐깁니다. 특히 좋아하는 스포츠는 야구와 축구, 스모입니다.

일본의 전통적인 씨름인 스모는 두 명의 리키시(力士)가 링 위에서 맞붙어 상대편을 넘어뜨리거나 링 밖으로 밀어내거나 하여 힘과 기술을 겨루는, 우리의 씨름과 비슷한 개인 스포츠입니다.

스모란 말은 본디 중국어로 '서로를 해치다' 라는 뜻이랍니다.

일본의 유명한 스모 선수들은 가수나 탤런트 같은 연예인 못지 않게 큰 인기를 누린대요.

생선 장수 어머니

1월 초에 눈이 내렸어요.

"야, 눈이 왔다! 만세!"

나는 기뻐서 두 손을 높이 치켜들고 하늘을 향해 소리쳤어요.

하지만 어머니가 슬픈 목소리로 말씀하셨어요.

"눈이 와서 큰일났네."

눈이 오면 우리는 즐거운데 어머니는 왜 즐거워하시지 않는지 참 이상했어요.

드디어 그 이유를 알게 되었어요.

우리 어머니는 날마다 자동차를 타고 생선을 사러 가셨어요.

생선을 살 때는 길을 걸어야 하므로 아무리 추워도 난롯불을 쬘 수 없어요. 걸으면 장화 속에 눈이 들어옵니다. 게다가 눈이 얼면 자동차가 미끄러집니다. 그래서 눈이 온 것을 좋아하시지 않은 것입니다.

오늘도 어머니는 아침밥을 드시자마자 서둘러 어시장으로 가셨어요.

한참 후에 어머니는 나무 상자에 생선을 넣어 돌아오셨어요. 상자에는 넙치, 조개, 아귀가 가득 들어 있었지요.

어머니는 넙치를 한 마리씩 접시저울에 올려 무게를 다셨어요. 같은 무게가 되면 작은 바구니에 넣어 상자에 담으셨어요.

다음으로 조개를 비닐 주머니에 넣어 무게를 재고 호치키스로 찰칵찰칵 찍으셨어요.

마지막으로 아귀를 물 속에 넣어 씻으셨어요. 그리고 커다란 양동이에 넣으셨어요. 생선을 가지런히 늘어놓고 나자 이번에는 가격표를 쓰셨어요.

어머니의 손은 빨갛게 부풀어 올랐어요.

어머니의 빨갛게 부푼 손을 보고

있으려니 내 눈시울이 뜨거워졌어요.

그래서 말했어요.

"어머니, 쉬세요. 꼭 쉬세요!

겨울 방학 하시라고요."

하지만 어머니께서는

"안 돼. 손님들이 기다리시는걸."

하시며 아까 자루에 담은 조개를 자동차에 실으셨어요.

나는 생선 양동이를 들어올렸어요.

"아이고, 고맙다. 갔다 오마."

하시고 어머니는 자동차에 오르셨어요.

나는 어머니의 자동차가 보이지 않을 때까지 지켜 보고 서 있었어요.

그리고 화로에 몸을 녹이며 귤을 먹으면서, 어머니가 춥지 않으실까, 빨리 돌아오시면 좋을 텐데,

하고 생각했어요.

지금까지는 어머니께서 늦게 들어오실 때는 언니가 어머니의 이부자리를 펴 드렸어요.

하지만 오늘은 내가 어머니의 이부자리를 펴 드려야겠다고 마음먹었어요.

마두금

중국 북쪽 몽골에는 넓은 초원이 펼쳐져 있어요. 그 곳에 사는 사람들은 예부터 양, 말, 소 등을 치며 살았어요.

이 몽골에 마두금이라는 악기가 있어요. 악기의 맨 위가 말머리 모양을 하고 있어서 마두금(馬頭琴)이라고 하지요. 그런데 어떻게 이런 악기가 만들어졌을까요?

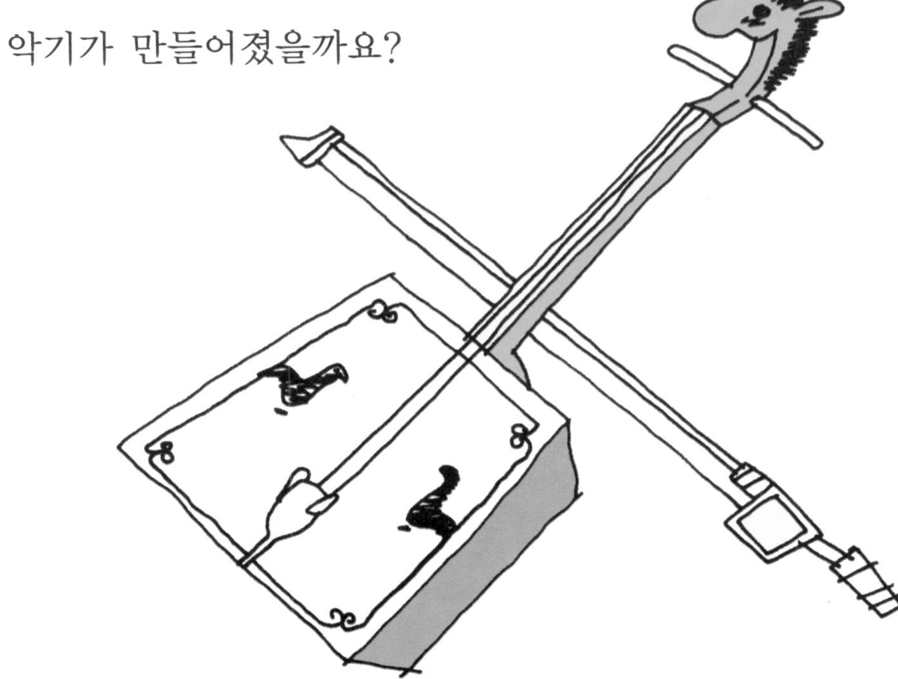

머나먼 몽골의 초원에 수호라는 가난한 양치기 소년이 살았어요.

양치기 소년 수호는 나이가 많으신 할머니와 함께 살고 있었어요.

그는 어른에 뒤지지 않으리만큼 열심히 일했어요. 아침 일찍 일어나 할머니를 도와 아침밥을 준비합니다. 그런 다음 20여 마리의 양을 데리고 넓디넓은 초원으로 나가지요.

양치기 소년 수호는 노래를 매우 잘해서 다른 양치기들이 툭하면 수호에게 노래를 시켰어요. 수호의 아름다운 노랫소리는 초원을 넘어 멀리멀리 퍼져 나갔어요.

어느 날의 일이에요. 해는 벌써 먼 산 너머로 지고 주위는 어두워져 가는데 수호가 돌아오지 않았어요.

할머니는 걱정이 되었어요. 가까이에 사는 양치기들도 어떻게 된 일인가 싶어 술렁거리기 시작했어요.

모두들 걱정이 되어 안절부절못하고 있을 무렵, 수호가 무언가 하얀 것을 안고 돌아왔어요.

모두가 가까이 달려가 보니 그것은 갓 태어난 작은 흰말이었어요.

수호는 싱글벙글 웃으면서 자랑스러운 듯이 설명했어요.

"집으로 돌아오다가 새끼 말을 발견했어. 이 말이 땅바닥에 쓰러져 버둥거리고 있지 뭐야. 주위를 둘러보아도 주인인 듯한 사람도 보이지 않고, 어미말도 보이지 않는 거야. 그대로 놔 두면 밤중에 늑대에게 잡아먹힐지도 모르잖아. 그래서

데려왔어."

하루하루 시간이 흘렀어요. 수호가 정성껏 돌봐 준 덕분에 새끼 말은 무럭무럭 자랐어요. 새끼 말은 몸이 눈처럼 하얗고 탄탄해서 누구든지 보는 사람마다 반했지요.

어느 날 밤, 자고 있던 수호는 번쩍 눈을 떴어요. 요란스러운 말 울음소리와 양들이 야단법석을 떠는 소리가 들렸기 때문이에요.

수호는 벌떡 일어나 밖으로 뛰어나가 양 우리 쪽으로 쏜살같이 달려갔어요. 커다란 늑대가 양에게 달려들려고 하는 중이었어요. 그런데 어린 흰말이 늑대 앞에 버티고 서서 죽을 힘을 다해 막고 있었어요.

수호는 재빨리 늑대를 쫓아 버리고 흰말 옆으로 다가갔어요.

흰말은 온몸이 땀 범벅이 되어 있었어요. 오랜 시간 동안 늑대와 싸운 게 틀림없었어요.

수호는 땀투성이 흰말의 몸을 쓰다듬으면서 형제에게 말하듯이 말했어요.

"잘했다, 흰말아. 정말 고마워. 이제부터 나는 언제나 너와 함께 할 거야."

세월은 훨훨 흘러갔어요.

어느 해 봄, 초원 일대에 좋은 소식이 전해졌어요. 이 부근을 다스리는 영주님이 경마 대회를 연다는 소식이었지요. 1등한 사람은 영주의 딸과 결혼을 시킨다는 것이었어요.

이 소식을 들은 다른 양치기들이 자꾸만 수호에게 권했어요.

"꼭 흰말을 타고 경마 대회에 나가 봐."

그래서 수호는 흰말을 타고 광활한 초원을 건너 경마 대회가 열리는 마을로 갔어요.

경마 대회가 시작되었어요. 씩씩한 젊은이들이 일제히 가죽 채찍을 휘둘렀어요. 말들은 바람처럼 달렸어요. 하지만 맨 앞에서 달리는 것은 흰말이었어요. 수호가 탄 흰말이었지요.

광활한 : 끝없이 넓은.

"하얀 말이 1등이다! 흰말의 기수를 데려오너라!"

영주님이 외쳤어요.

그런데 데려온 소년을 보니 초라한 옷차림의 양치기였어요. 영주님은 사위로 삼겠다고 한 약속 따위는 모른 척하며 말했어요.

"너에게 은화 세 닢을 주마. 그 흰말을 여기 두고 돌아가거라."

수호는 깜짝 놀라서 자기도 모르게 영주님에게 말했어요.

"저는 경마 대회에 참석하러 왔습니다. 말을 팔러 온 게 아닙니다."

"뭐라고? 하찮은 양치기 주제에 내 말을 거역해? 여봐라, 이놈을 매우 쳐라!"

영주님이 버럭 소리를 지르자 신하들이 일제히

수호에게 달려들었어요.

수호는 늘씬하게 얻어맞고 걷어채어 정신을 잃었어요.

영주는 흰말을 빼앗고 신하들과 함께 거드름을 피우며 돌아갔어요.

수호는 친구들의 도움을 받아 가까스로 집으로 돌아왔어요.

수호는 온몸이 상처와 멍투성이였어요. 할머니가 수호 옆에 꼭 붙어서 치료를 해 주셨어요. 덕택에 며칠이 지나자 상처도 아물기 시작했어요.

하지만 흰말을 잃은 슬픔은 아무리해도 아물지 않았어요. 흰말은 어떻게 지내고 있을까, 수호는 그것만 생각했어요.

'흰말은 어떻게 되었을까?'

멋진 말을 손에 넣은 영주님은 너무너무 기분이

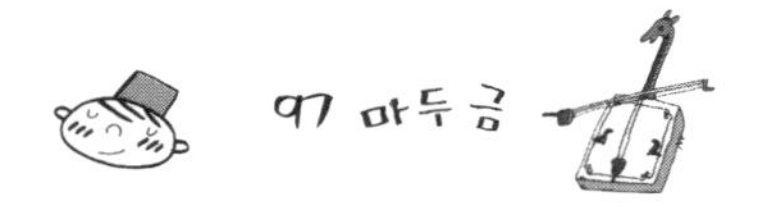

좋았어요. 사람들에게 흰말을 자랑하고 싶어 참을 수가 없었어요.

마침내 영주님은 많은 손님을 초대하여 술잔치를 벌였어요. 술잔치가 무르익었을 때 흰말을 탄 멋진 모습을 자랑하고 싶어서 손님들을 초대했던 거예요.

신하들이 흰말을 끌고 왔어요. 영주님은 흰말에 올라탔어요.

바로 그 때였어요. 흰말이 무서운 기세로 뛰어올랐어요. 영주님은 땅바닥으로 굴러 떨어졌어요.

흰말은 영주님의 손에서 고삐를 홱 낚아채더니 술렁거리는 사람들 사이를 빠져 바람처럼 달려나갔어요.

영주님은 일어나려고 몸부림치면서 고래고래 고함을 쳤어요.

"당장 저놈을 잡아라! 잡히지 않으면 활로 쏘아 버려!"

신하들은 일제히 쫓아갔어요. 하지만 아무리해도 흰말은 잡히지 않았어요. 신하들은 일제히 화살을 쏘았어요. 화살은 윙 하고 울며 날았어요.

흰말의 등에 잇달아 화살이 꽂혔어요. 그런데도 흰말은 계속 달렸어요.

그 날 밤이었어요. 수호가 자려고 하는 참인데 갑자기 밖에서 무슨 소리가 들렸어요.

"누구세요?"

하고 물어도 대답은 없고, 따각따각 하는 소리만 계속 들렸어요.

누군가 싶어 밖으로 나간 할머니가 소리를 질렀어요.

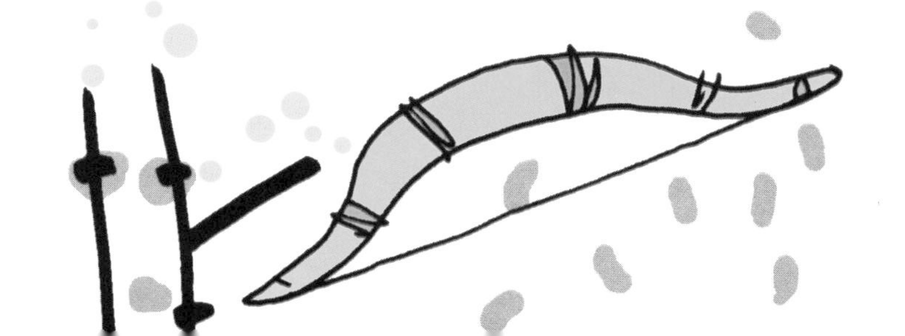

“흰말이다!

우리 흰말이야!”

수호는 벌떡 일어나 바람처럼 달려나갔어요.

정말 흰말이 서 있었어요. 하지만 몸에는 화살이 수없이 꽂혀 있고, 땀이 폭포처럼 흘러 떨어지고 있었어요.

흰말은 심한 상처를 입었으면서도 달리고 달리고 계속 달려 세상에서 제일 좋아하는 수호가 있는 곳으로 달려온 거예요.

수호는 이를 악물고 흰말에 꽂혀 있는 화살을 뽑아 냈어요.

“흰말, 나의 흰말, 죽으면 안 돼!”

하지만 흰말은 지칠 대로 지쳐 있었어요. 숨소리는 점점 가늘어지고, 눈빛도 스러져 갔어요.

다음 날, 흰말은 세상을 떠났어요.

수호는 너무나 슬프고 억울해서 며칠 밤이나 잠을 자지 못했어요.

하지만 어느 날 밤 꾸벅꾸벅 졸던 수호는 흰말 꿈을 꾸었어요. 수호가 쓰다듬어 주자 흰말은 수호에게 살며시 몸을 기댔어요. 그리고 다정하게 수호에게 말을 걸었어요.

"그렇게 슬퍼하지 마세요. 그보다 내 뼈랑 가죽이랑 털을 사용하여 악기를 만들어 주세요. 그렇게 하면 나는 언제나 당신 옆에 있을 수 있게 될 테니까요."

수호는 꿈에서 깨는 즉시 악기를 만들기 시작했어요.

꿈에서 흰말이 가르쳐 준 대로 뼈와 가죽과 털을 정성을 다해 엮기 시작했어요.

마침내 악기가 완성되었어요.

이것이 마두금이지요.

수호는 어디에 가든 이 마두금을 가지고 갔어요. 마두금을 켤 때마다 수호는 흰말을 잃은 원통함과 흰말을 타고 초원을 달리던 즐거움을 떠올렸어요. 그러면 자기 바로 옆에 흰말이 있는 듯한 느낌이 들었어요. 그럴 때, 악기 소리는 더욱더 아름답게 울려 퍼져 듣는 이들의 마음을 뒤흔들었어요.

마침내 수호가 만든 마두금에 대한 소문이 넓디 넓은 몽골 초원 구석구석 퍼졌어요.

양치기들은 저녁이 되면 수호 곁에 모여들어 그 아름다운 소리에 귀를 기울이며 하루의 피로를 씻곤 했대요.

자전거 청소

나는 자전거타기를 매우 좋아합니다. 심부름을 갈 때도, 병원에 갈 때도 자전거를 타고 갑니다.

내가 타는 자전거는 형과 둘이서 타는 자전거입니다. 자전거 청소도 둘이서 번갈아 합니다.

하지만 나는 자전거 청소를 하기 싫어합니다. 아주 성가시니까요. 그래서 자전거는 좋아하지만, 이따금 자전거를 그만 탈까도 생각합니다.

어제는 내가 청소하는 날이었습니다. 학교가 끝나고 돌아오니,

"자전거 청소해야지."

하고 어머니께서 말씀하셨습니다.

"아이, 귀찮아."

하고 내가 말하자

"청소를 하지 않으면 자전거는 형 혼자 쓰는 자전거로 한다."

하고 말씀하셨습니다. 그래서

"그건 안 돼요. 청소할게요."

하며 떨떠름한 표정을 지었습니다.

자전거를 청소할 때는 커다란 헝겊으로 자전거

를 구석구석 정성껏 닦습니다. 타이어에 붙은 흙이 나 먼지는 좀처럼 잘 닦이지 않을 때도 있습니다. 그럴 때는 물로 씻습니다. 물을 끼얹으면서 솔로 문지르면 깨끗이 닦입니다. 물을 사용한 뒤에는 마른 헝겊으로 잘 닦습니다. 닦지 않고 그대로 두면 녹이 슬기 때문입니다.

청소를 끝내고 반짝반짝 빛나는 자전거를 보면

청소하길 참 잘했구나 하는 생각이 듭니다. 하지만 손을 보면 기름때가 묻어 까매져 있습니다. 옷까지 더러워져 있을 때도 있습니다. 비누로 씻어도 잘 지워지지 않습니다.

그래서 빈틈없이 척척 청소해 주는 자전거 전기 청소기가 있으면 좋겠다는 생각도 해 봅니다. 청소를 하지 않아도 더러워지거나 녹이 슬지 않는 그런 신기한 자전거가 있으면 더욱더 좋겠고요.

꼬마 손님

번쩍번쩍 빛나는 하얀색 택시가 한 대 서 있었습니다.

이 차의 운전수 마쓰이 아저씨는 아까부터 차 뒤에 웅크리고 앉아서 열심히 타이어를 살펴보고 있었습니다. 둥그런 코 위에 방울방울 맺힌 땀방울이 반짝반짝 빛났습니다.

마쓰이 아저씨는 먼 비행장까지 손님을 태워다 드리고 빈 차로 돌아가는 중이었습니다.

"쳇!"

마쓰이 아저씨는 거칠게 혀를 차면서 일어섰습니다. 생각했던 대로 뒤 타이어가 펑크가 났기 때문입니다.

마쓰이 아저씨는 찐빵처럼 부루퉁한 얼굴로 차 트렁크에서 은색 잭을 꺼냈습니다. 굵은 차축에 잭을 넣고 차를 들어올리지 않으면 안 됩니다.

마쓰이 아저씨는 '끙!' 하며 잭에 달린 나사를 돌리려고 하였습니다.

하지만 움직이지 않았습니다. 여느 때라면 이 정도로 힘을 주면 움직였을 터인데, 웬일인지 좀처럼 움직이지 않았습니다. 마쓰이 아저씨의 얼굴이 점점 빨개져 삶은 게처럼 변했습니다.

잭 : 작은 힘으로 무거운 것을 들어올리는 기구.

"형이 말한 대로야. 정말 다리가 고장났어."

바로 그 때, 뒤에서 귀여운 아이들의 목소리가 들렸습니다.

"동그랗지만 그래도 다리야. 알았지?"

"하지만 이 다리는 털이 없는걸?"

"닳아 없어진 거야. 너는 아직도 그런 걸 모르니?"

다리를 벌리고 힘을 주고 있던 마쓰이 아저씨는 '쿡!' 하고 웃음을 터뜨리고 말았습니다.

웃으면서 뒤를 돌아보니 여섯 살쯤 되어 보이는 사내 아이와 네 살쯤 되어 보이는 사내 아이가 골똘히 타이어를 보고 있습니다. 두 아이는 똑같이 빨간 반바지에 흰 셔츠 차림입니다.

"아저씨, 그거 돌리는 거 도와 드려도 돼요?"

형이 커다란 눈을 동그랗게 뜨고 물었습니다.

"그러렴."

마쓰이 아저씨는 꼬마의 눈빛에 이끌려 재미있다는 듯 고개를 끄덕였습니다.

"도련님들이 도와 주면 틀림없이 큰 도움이 되고 말고."

"정말? 만져도 돼요?"

"저도 해도 돼요?"

두 꼬마는 합창하듯 말하고 쏜살같이 잭 옆으로 달려왔습니다.

"조심해야 한다."

마쓰이 아저씨는 잠시 숨을 돌릴 생각으로 잭에서 손을 놓고 담배에 불을 붙였습니다.

담배를 피우면서 이 때서야 처음으로 주위를 둘러보았습니다.

도로 한쪽은 연둣빛 보리밭이 멀리까지 이어져

있었습니다. 반대쪽은 야트막한 둔덕으로 민들레가 융단처럼 평평하게 펼쳐져 있었습니다. 그 건너편에는 투구를 쓴 듯한 푸른 언덕이 다섯 개 포개어져 있었습니다.

'어느 새 봄이 한창이구나!' 하고 마쓰이 아저씨가 생각하고 있을 때입니다.

"하나, 둘, 셋, 영차!"

"하나, 둘, 셋, 영차!"

두 꼬마가 입을 맞추어 큰 소리로 구령을 붙이기 시작했습니다.

그 소리를 듣고 마쓰이 아저씨가 돌아보니 차가 조금씩 들리고 있었습니다.

마쓰이 아저씨는 어안이 벙벙해서 벌린 입을 다물지 못했습니다.

새 타이어로 갈아 끼운 다음 마쓰이 아저씨는 한

숨 돌리며 말했습니다.

"도와 준 보답으로 도련님들을 저기까지 차에 태워 주고 싶은데."

"이 차에 태워 주신다고요? 정말 태워 주실 거예요?"

커다란 네 개의 눈이 반짝반짝 빛나며 실처럼 가늘어지더니 웃음으로 가득 찼습니다.

"이런 차 처음 타 봐요."

"저도 동생도 태어나서 처음이에요."

하얀색 차는 힘차게 달리기 시작했습니다.

열린 창으로 바람이 휙휙 스쳐 지나갑니다.

"멋지다, 멋져!"

하고 형이 32번째의 탄성을 질렀습니다.

"빠르다, 빨라!"

하고 동생이 33번째의 탄성을 질렀습니다.

둘은 정신 없이 웃고 떠들었습니다.

도저히 가만히 있을 수 없는 모양입니다.

마쓰이 아저씨도 처음으로 차에 탄 날처럼 가슴이 두근거렸습니다.

차는 소나무 다섯 그루가 있는 곳에서 유턴하여 돌아왔습니다.

커다란 트럭이 꼬리에 꼬리를 물고 다가와 무서운 소리를 내며 휙휙 지나갔습니다.

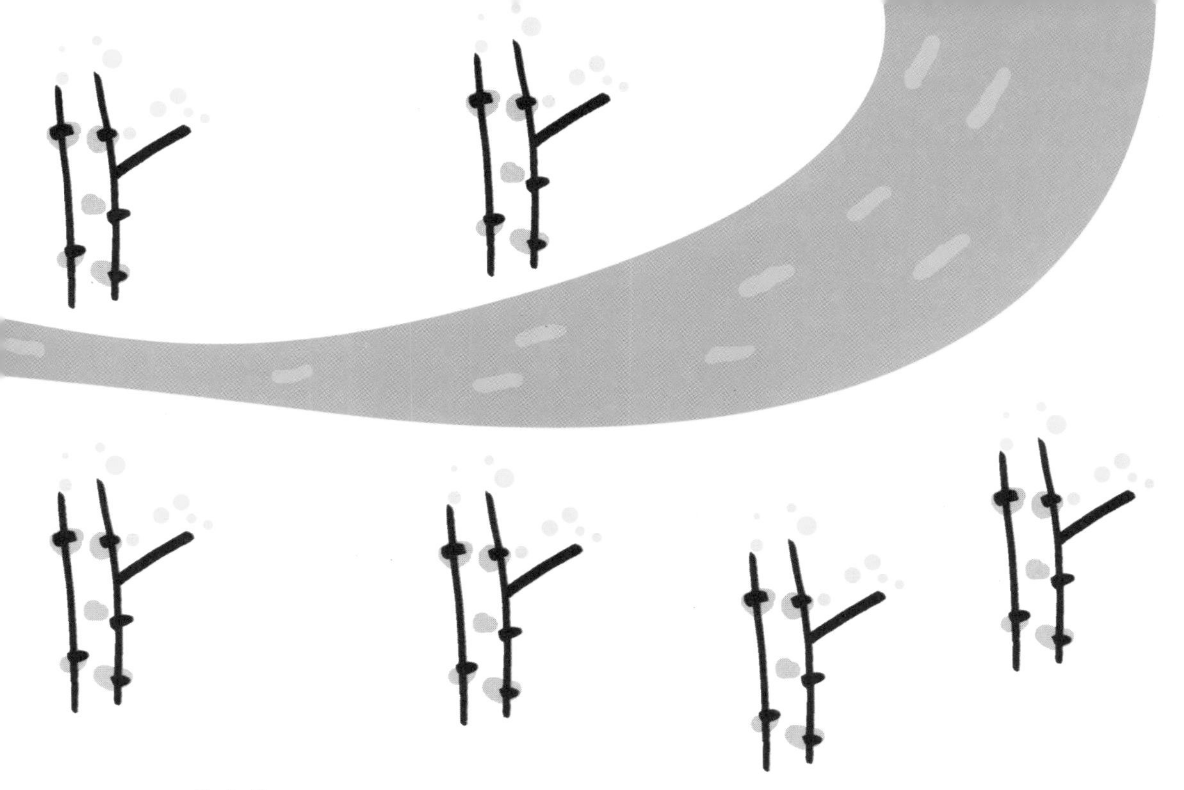

"악!"

하고 두 꼬마가 의자 뒤로 몸을 숙였습니다.

마쓰이 아저씨는 후후후 하고 웃었습니다.

얼마 후 두 꼬마가 가만히 얼굴을 내밀었을 때, 차는 제자리에 돌아와 있었습니다.

형제는 차에서 내리자 꾸벅 인사를 했습니다. 그리고 아직 아쉬움이 남는 듯 힐금힐금 차를 바라보았습니다.

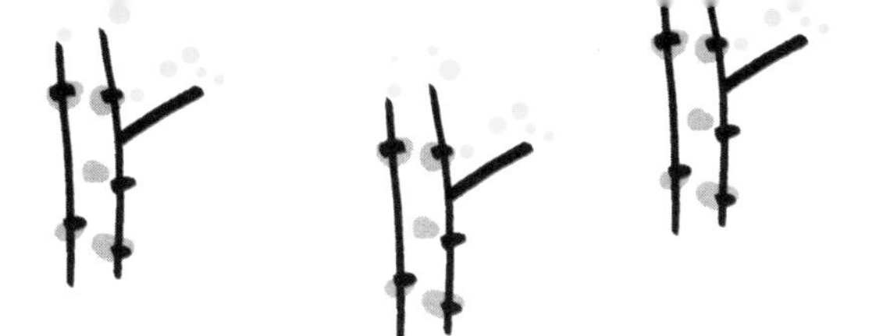

"이다음에 빈 차로 갈 때 아저씨가 또 태워 주마."

마쓰이 아저씨가 이렇게 말하자 두 꼬마의 얼굴이 활짝 빛났습니다. 서로 얼굴을 마주 보며 빙그레 웃었습니다.

"엄마한테 이야기하고 오자."

하고 형이 펄쩍 뛰며 외쳤습니다.

"응, 빨리 이야기하고 오자."

동생도 펄쩍 뛰며 소리쳤습니다.

두 꼬마는 샛노란 꽃 속을 뒤도 돌아보지 않고 쏜살같이 달려갔습니다.

이윽고 울창한 신록 뒤로 빨간 바지가 보이지 않게 되었을 때에야 마쓰이 아저씨는 차의 시동을 걸었습니다.

"이거, 못 타겠어요. 나는 지금 검정색 새 양복을 입고 있거든요. 차의 시트는 늘 깨끗이 해 두셔야지요."

차를 타려던 손님이 이렇게 말했습니다.

그 손님은 마쓰이 아저씨의 차에 타지 않고 바로 뒤에 온 검정색 택시를 세워 재빨리 타고 가 버렸습니다.

마쓰이 아저씨는 무슨 영문인지 몰라 차에서 내렸습니다. 그리고 손님석 문을 열자마자

"아니, 이건……."

하고 중얼거렸습니다.

가늘면서 짧은 금빛 털이 푸른 시트 여기저기에 붙어 있었습니다.

마쓰이 아저씨는 털 하나를 집어 들고 찬찬히 살펴보았습니다.

"이거 여우 털이잖아. 그렇담……."

마쓰이 아저씨의 머리 속에서 빨간 바지 차림의 아까 그 귀여운 꼬마들이 또다시 꾸벅 인사를 했습니다.

"그 애들은……."

놀라서 커다래졌던 마쓰이 아저씨의 눈이 점점 가늘어졌습니다.

마쓰이 아저씨는 곧바로 솔을 꺼내 시트를 청소하기 시작했습니다.

잠시 후, 반짝반짝 빛나는 하얀색 차 속에서 즐거운 휘파람 소리가 흘러 나왔습니다.

손바닥 백과

일본의 나라꽃인 벚꽃이 활짝 핀 도쿄

도쿄 타워

일본의 수도로서 일본의 정치 · 경제 · 문화의 중심지인 도쿄는 뉴욕, 런던 등과 함께 세계적인 도시 가운데 하나입니다. 인구로 치면 세계 1위이며, 면적도 서울의 3배나 됩니다.

도쿄 시내에 사는 인구만 1천 2백만이며, 도쿄 근교의 위성 도시에 사는 사람들까지 포함하면 3천만 명에 이른답니다. 이는 일본 인구의 거의 4분의 1에 해당합니다.

도쿄에는 일본의 국왕이 사는 황궁, 프랑스 파리의 에펠 탑을 흉내내어 세운 도쿄 타워, 미국 디즈니랜드를 본뜬 도쿄 디즈니랜드 등 관광 명소도 많답니다.

산기슭에 작은 마을이 있었습니다. 그 마을 끝에는 작은 역이 있었습니다.

산기슭 작은 마을의 역이므로 아주아주 작은 역이었습니다.

역에는 역장과 젊은 역무원, 둘뿐이었습니다.

어느 여름날 오후였습니다.

기차가 떠난 뒤에 젊은 역무원이 대합실을 청소하고 있었습니다.

“어?”

젊은 역무원은 의자 밑을 들여다보았습니다.

“누가 잃어버렸나 보네.”

의자 밑에 초록색 보따리가 놓여 있었습니다.

대합실에는 아무도 없었습니다.

“허어, 아까 떠난 상행 열차의 손님이 잊어버리고 갔나 보네.”

젊은 역무원은 의자 밑에 손을 뻗어 보따리를 꺼냈습니다.

낡은 보자기에 싼 보따리인데 안에는 네모난 상자 같은 것이 들어 있었습니다. 나무 상자 같기는

역무원 : 철도역에서 안내 · 개찰 · 매표 등의 일을 맡아보는 사람.

한데 별로 무겁지 않았습니다. 가로 세로 20센티미터 정도의 정사각형 보따리였습니다.

'무엇이 들었을까?'

젊은 역무원은 보따리에 귀를 대고 가만히 흔들어 보았습니다. 아무 소리도 들리지 않았습니다.

'대체 무엇일까? 도시락치고는 너무 가볍고, 과자 상자인가……. 아니면 과일인가……. 아니, 크기와 무게로 보면 찻잔 같은 도자기인지도 몰라…….'

역무원은 이렇게도 생각해 보고 저렇게도 생각해 보았습니다.

'어쩌면 굉장한 보물인지도 몰라.'

젊은 역무원은 보따리를 풀어 안을 보고 싶어 참을 수 없었습니다.

'아니야, 아니야. 손님이 잃어버린 물건을 함부로 열어 보아서는 안 되지.'

젊은 역무원은 꾹 참고 보따리를 들고 역장님께 갔습니다.

"역장님, 이런 보따리가 대합실에 떨어져 있는데요."

“허, 뭐가 들어 있을까?”

늙은 역장님은 은테 안경을 쓰고 보따리를 가만히 바라보았습니다.

“아까 상행 열차의 손님은… 그러니까 내린 손님이 일곱 명, 탄 손님이 다섯 명이었습니다. 기차가 떠난 지 이제 10분도 더 지났으니까, 내린 손님이 떨어뜨린 거라면 벌써 가지러 왔을 겁니다. 틀림없이 열차에 탄 손님의 것입니다. 그게 틀림없습니다.”

역장님도 고개를 갸웃거렸습니다.

“장난감 아닐까? 아니면 깜짝 상자인가? 열면 뿅 하고 용수철 인형이 튀어나오는…….”

그러자 젊은 역무원이 약간 두려운 듯한 얼굴로 말했습니다.

“역장님, 혹시 다이너마이트라도 들어 있는 것은

아니겠지요? 깜짝 상자라면 괜찮겠지만, 만약 시한 폭탄이 장치되어 있어 뚜껑을 열자마자 꽝…….”

“어이, 어이. 놀라게 하지 말게. 하기야……, 요 사이는 툭하면 그런 이야기가 신문에 실려서 말야.”

“그렇습니다. 지나친 장난이 유행하고 있으니까요. 꽝 하는 한 방에 이런 역 같은 건 산산조각이 되어 날아가 버리지요.”

두 사람은 팔짱을 끼고 한참 동안 생각에 잠겼습니다.

“역장님, 여기 이런 쪽지가 끼워져 있는데요.”

젊은 역무원이 보따리의 매듭 밑에서 하얀 종이 쪽지를 꺼내며 말했습니다.

“허, 이건 짐표인데.”

그것은 가느다란 철사에 매달린 짐표였습니다. 짐표는 조그맣게 접혀서 매듭 밑에 끼워져 있었습니다.

"어디어디? 아니, 이런 게 씌어져 있네."

역장님은 조심스럽게 짐표를 펼치고 읽기 시작했습니다.

즉시 열어 주십시오.

짐표에는 놀랍게도 즉시 상자를 열어 달라고 씌어져 있었습니다.

"즉시 열어 주십시오……. 그렇담 재빨리 먹지 않으면 상해 버리는 음식인지도 모르겠군. 아무래도 그런 것 같아."

역장님이 그렇게 말하면서 짐표를 뒤집어 보니

뒤쪽에도 글씨가 씌어져 있습니다.

"여보게, 뒤에도 글씨가 있는데. 뭐라고 씌어 있느냐 하면……."

밖에서 열면 안 됩니다.

"거참 이상한 보따리군. 즉시 열어 주십시오, 밖에서 열면 안 됩니다……. 이거 대체 어떤 물건이지? 역시 무슨 위험한 물건이라도 들어 있는 게 아닐까?"

두 사람은 퀴즈라도 풀듯이 연신 땀을 닦으며 생각했습니다.

"밖에서 열어서는 안 된다는 것은, 반드시 실내에서 열어라, 햇빛이 닿아서는 안 된다, 그런 뜻인가?"

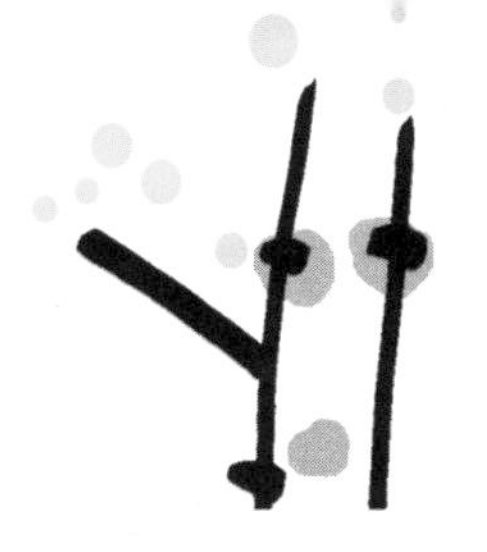

도무지 종잡을 수가 없습니다.

그 때 역장님이 창 밖으로 얼굴을 내밀고,

"여보게!"

하고 누군가를 불렀습니다.

역 앞 길을 경찰관 하나가 걸어가고 있었던 것입니다.

코 밑에 수염을 기른 뚱뚱한 경찰관은 역장님이 부르는 소리를 듣자 손을 흔들며 역으로 들어왔습니다.

"다른 게 아니라, 이상한 보따리가 있어서 말야. 무엇이 들었는지 도무지 모르겠네. 이것 좀 보게."

경찰관은 역장님의 설명을 '흠, 흠.' 하고 콧소리를 내고 고개를 끄덕이며 듣고 있더니 입을 열었습니다.

"정말 이상한 분실물이군요. 짐표는 붙어 있지만 이름도 주소도 씌어 있지 않고. 시한 폭탄이라면 큰일인데……. 하지만 시한 폭탄이라고 하기에는 너무 가벼운걸. 어쨌든 셋이서 열어 보는 게 어떨까요? 짐표에 즉시 열어 달라고 씌어져 있기도 하고."

세 사람은 한동안 입을 다문 채 상자를 응시했습니다.

"괜찮을까……."

드디어 역장님이 입을 열었습니다. 역장님은 꽤나 걱정스러운 모양입니다.

"제 생각에는, 이 상자에 동물이 들어 있을 것 같은데요."

경찰관이 말했습니다.

"동물이라고? 동물이라면 어떤 동물일까? 쥐,

다람쥐, 작은 새, 개구리, 두더지, 아니면 토끼? 아니야, 토끼라고 하기에는 상자가 너무 작단 말야."

젊은 역무원이 고개를 갸우뚱거리며 호기심어린 눈빛으로 말했습니다.

"어쩌면 무서운 살무사일지도 몰라."

"여보게, 어쩌자고 뒤숭숭한 소리만 하는가?"

역장님은 뱀을 싫어하는지 두세 걸음 뒤로 물러섰습니다.

"걱정 마십시오. 살무사가 나온다 하더라도 제가 확실하게 잡을 테니까."

경찰관은 하얀 장갑을 끼더니 단단히 묶은 보자기의 매듭을 풀었습니다. 그리고 상자 뚜껑을 열기 시작했습니다. 나무 상자 뚜껑에는 작은 못이 박혀 있었습니다.

경찰관은 진지한 얼굴로 조심스럽게 천천히 뚜껑을 열었습니다.

뚜껑이 열렸습니다.

그 순간, 세 사람은 '앗!' 하고 일제히 소리를 질렀습니다.

바스락, 하고 마른 잎을 밟는 듯한 희미한 소리가 들리는가 싶더니, 세 사람의 눈앞을 스쳐 지나가는 것이 있었습니다.

연한 갈색의 투명한 것이었습니다.

"왕잠자리다!"

"장수잠자리다!"

세 사람은 깜짝 놀라며 동시에 소리쳤습니다.

장수잠자리 한 마리가 상자에서 날아올라 세 사람의 머리 위를 빙빙 도는가 싶더니 창 밖으로 곧바로 날아올랐습니다.

세 사람의 눈도 장수잠자리를 따라 창 밖 하늘로 향했습니다. 여섯 개의 눈은 장수잠자리가 보이지 않을 때까지 그대로 하늘에 머물렀습니다.

나무 상자 안에는 풀이 가득 깔려 있고 그 밑에 이런 편지가 들어 있었습니다.

형님, 오늘 할머니가 그곳으로
장수잠자리를 선물로 보냈습니다.
병을 말끔히 털어 버리고
하루 빨리 건강해지세요.
이것은 목장의 늪에서 잡은
장수 잠자리입니다.
도쿄의 하늘에 놓아 주세요

신키치로부터

어머니의 눈

세 살인가 네 살 때였어요. 나는 그 때 어머니 무릎에 앉아 있었어요.

방 안은 하얀 햇살이 창으로 비쳐들어 환했어요.

무릎에 앉은 나는 어머니 쪽을 보고 있었어요.

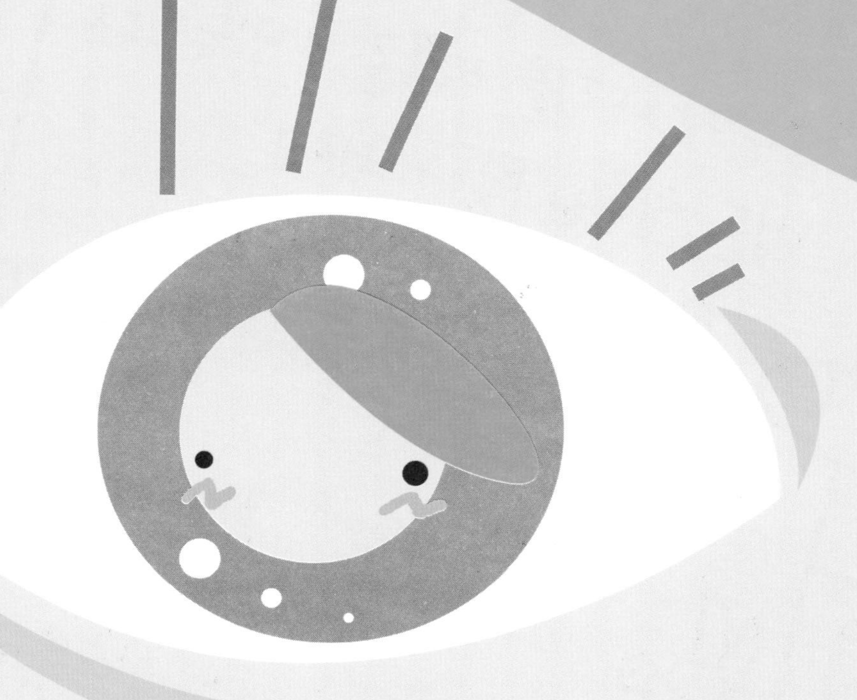

아마도 인형 이야기인지, 강아지 레오 이야기인지, 옆집의 나오코 이야기인지를 하고 있었던 듯합니다. 그러나 확실한 건 생각이 나지 않습니다. 너무 오래 된 일이니까요.

어쨌든 어머니 무릎에 앉아 있다가 나는 깜짝 놀라서

"앗!"

하고 소리를 질렀습니다.

나는 그 때 처음으로 어머니의 검은 눈동자 속에 아주 작은 내가 있다는 것을 알았습니다.

"세쓰코가 있어요!"

나는 손가락으로 어머니의 검은 눈동자를 가리키며 소리쳤습니다. 그러자 엄마 눈동자 속의 자그마한 나도 눈을 동그랗게 뜨고 나를 손가락으로 가리켰습니다.

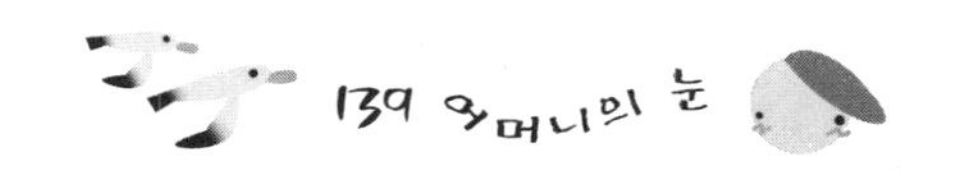

얼마나 신기한 일이었는지 모릅니다. 이런 작은 눈동자 속에 내가 고스란히 들어 있다니…….

나는 넋을 잃고 엄마 눈 속을 들여다보았습니다. 얼굴을 옆으로 꺾어도 보고, 비스듬히 기울여도 보고, 손을 흔들어 보기도 했습니다.

엄마는 겸연쩍은 듯 웃음을 터뜨렸습니다.

"앗! 없어졌어요!"

나는 실망하여 말했습니다.

"눈을 크게 떠 보세요, 응?"

"이렇게?"

엄마가 눈을 크게 떴습니다.

나는 가슴이 뜨거워지리만큼 기뻤습니다.

"다다미가 보여요."

"초록색 커튼이다!"

"창. 창이 보여요."

"창 밖의 포플러."

이렇게 말하면서 나는 하나씩 뒤를 돌아보며 확인하고, 돌아보며 확인하고 하였습니다.

잘 보니 엄마 눈 속에는 얼마나 많은 것들이 들어 있는지 모릅니다.

'이렇게 들어 있어도 괜찮을까?'

나는 조금 걱정이 되었습니다.

그래서 물어 보았습니다.

"엄마 눈, 그렇게 가득 들어 있어도 망가지지 않아요?"

엄마가 얼굴을 가로저었습니다.

"가득 들어 있어도 엄마 눈, 아프지 않아요?"

"아니, 조금도."

이번에는 엄마가 말했습니다.

"자, 잘 보렴. 가만히 숨을 죽이고."

엄마가 시키는 대로 숨을 죽이고 보고 있으려니 엄마 눈 속의 내가 갑자기 사라졌습니다. 그리고 겹겹이 솟은 푸른 산들과 파란 하늘이 떠오른 듯한 기분이 들었습니다.

"산…… 어? 산?"

뒤돌아보니 밝은 방 안.

이상합니다. 다시 들여다보니 엄마의 눈에 내가 어김없이 돌아와 있었습니다.

"자, 다시 한 번 잘 보렴."

그러자 다시 크게 뜬 엄마의 눈에서 내가 슬그머

니 사라졌습니다. 넓게 넓게 펼쳐진 파란색. 하얀 배.

"바다! 바다!"

나는 재빨리 뒤를 돌아보았습니다. 하지만 그 곳은 여전히 밝은 방 안.

"이상하네."

엄마의 눈은 웃느라 마치 실처럼 가늘어져 있었습니다.

"왜? 왜? 어째서?"

이유를 알고 싶어 안달하는 내 등에 엄마가 두 손을 포갰습니다. 그리고 무릎을 요람처럼 천천히 흔들면서 이런 이야기를 들려 주었습니다.

"처음에 엄마는 어릴 때 놀러 갔던 뒷산을 보고 있었단다. 다음에는 머나먼 바다를 바라보았지. 그 배, 네 할아버지께서 타셨던 배야. 알겠니?"

엄마는 다시 말을 이었습니다.

"세쓰코도 아름다운 것을 보면 열심히 바라보렴. 열심히 바라보면 그것이 눈 속에 스며들어 선명하게 마음 속에 자리잡는단다. 그러면 언제든지 눈앞에 보이게 된단다. 보았지? 방금 엄마 눈동자에 비치고 있었지?"

나는 그 때 그 말의 뜻을 잘 몰랐습니다.

하지만 아름다운 것을 만날 때마다 나는 늘 엄마의 눈을 떠올리곤 한답니다.

송사리 세 마리

"어머나, 송사리를 잡았네!"

기누코가 달려와서 말했습니다.

"응, 잡았어."

마사미는 송사리가 든 병을 눈 위로 높이 들어올렸습니다.

마사미는 조금 우쭐했습니다. 그리고 병에 든 송사리는 위에서 내려다보는 것보다 병 밑바닥을 통해 보는 쪽이 훨씬 더 아름답기도 했습니다.

"세 마리구나?"

다시 기누코가 말했습니다.

"응, 세 마리야. 기누코에게 한 마리 줄게."

"괜찮아."

"왜?"

마사미는 깜짝 놀라서 기누코의 얼굴을 바라보았습니다.

기누코는 헤엄치는 송사리를 물끄러미 바라보면서 말했습니다.

"왜냐하면……."

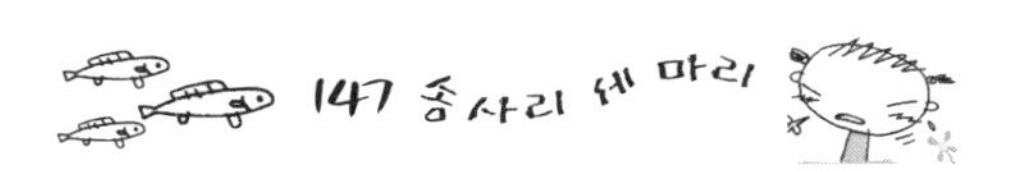

"자, 두 마리 줄게. 너, 두 마리 갖고 싶어서 그러지?"

"아, 아니야."

기누코는 고개를 가로저었습니다. 두 마리라도 필요 없다는 것입니다.

"그럼 세 마리 다 줄게."

그런데도 기누코는 잠자코 고개를 숙여 버렸습니다.

마사미는 당황했습니다. 얼마 전까지만 해도 기누코는 송사리를 몹시 갖고 싶어했습니다. 그래서 마사미는 이번에 송사리를 잡으면 꼭 한 마리 주겠다고 약속을 했었습니다.

드디어 그 송사리를 주겠다고 하는데 거절하는 것은 대체 무엇 때문일까요?

골똘히 생각하던 마사미는 드디어 결심을 하고

말했습니다.

"그럼 이 병째 줄게."

그리고 송사리가 담긴 병을 기누코의 손에 쥐어 주려고 했습니다.

그 병은 유리병으로 빨갛고 푸른 꽃무늬가 새겨져 있었습니다. 마사미는 엄마가 이 병에 몇 번이나 꽃을 꽂으신 걸 보았습니다. 오늘도 마사미가 이 병을 들고 송사리를 잡으러 나서자 엄마가,

"깨뜨리면 안 된다."

하고 말씀하셨습니다.

그래서 마사미는 지금까지 줄곧, 집으로 돌아가자마자 이 병을 엄마한테 돌려 드려야지 하고 생각하고 있던 터였습니다.

그런데 큰맘먹고 주겠다고 하는 송사리를 기누코가 받아 주지 않자 마사미는 아예 병째 주겠다고 말해 버렸던 것입니다.

그런데도 기누코는 휙 하고 마사미에게 등을 돌리더니 말했습니다.

"필요 없어, 그런 거."

그러더니 집 쪽으로 부리나케 달리기 시작했습니다.

마사미는 어처구니가 없었습니다. 그래서 풀이 죽은 채 집으로 돌아가면서 작은 소리로 중얼거렸습니다.

"이제 심술쟁이 기누코하고는 절대로 안 놀 거야. 어디 다시는 노나 봐라."

하룻밤이 흘렀습니다.

마사미는 기누코네 집에 가기로 하였습니다. 다시 사이좋게 공부하고 싶었기 때문입니다.

길가에 기누코가 서 있었습니다.

"기누코, 안녕?"

마사미는 연습장을 머리 위로 흔들며 인사를 건넸습니다.

기누코는 아무 말도 하지 않았습니다. 하지만 마사미가 뛰어가자,

"미안해, 마사미."

하고 작은 목소리로 말했습니다.

이번에는 마사미가 입을 다물었습니다. 기누코의 모습이 여느 때하고는 달랐기 때문입니다.

바로 그 때 빈 트럭 한 대가 기누코의 집 바로 앞에서 멈춰 섰습니다.

기누코가 빈 트럭을 가리키며 말했습니다.

"이사 트럭이야."

"그럼 기누코네가……."

"응, 먼 곳으로 이사 가. 마사미, 어제 그 송사리들 모두 잘 있니?"

"응, 잘 있어."

"그럼 한 마리만 내 것으로 해 줄 수 있니?"

"그래, 두 마리 줄게."

그러자 기누코가 환하게 웃었습니다.

마사미는 언제까지고 유리병 속에 세 마리의 송사리를 기르겠다고 마음먹었습니다.

··아침 교실··

드르륵, 힘차게 문을 열었다.

아직 아무도 오지 않았다...

깨끗이 닦인 책상...

가지런히 놓인 의자.

아무것도 써어 있지 않은 칠판

모두들 잠자코 있다.

나는 우렁찬 목소리로

"안 녕?"

하고 외치며 들어갔다..

손바닥 백과

지진 대피 훈련을 하는 일본 초등 학생들

지진이 무서워요

지진은 화산 활동이나 지각 변동 등으로 대지가 흔들리는 현상으로 건물과 도로가 파괴되고, 수많은 사람이 다치거나 죽는 등 큰 피해를 입히기도 합니다.

지금 전세계에서 활동하고 있는 활화산의 10분의 1(약 150개)이 일본에 위치하리만큼 일본에는 화산이 많습니다. 그러므로 일본에는 다른 어떤 나라보다도 지진이 많이 발생하며, 온천도 매우 많습니다.

일본 사람들은 잦은 지진에 대비하여 학교나 직장 등에서 매년 몇 차례씩 지진 대피 훈련을 한대요. 또한 물과 비상 식품, 구급약 등을 담은 배낭을 집 안에 준비해 두는 집도 많대요.

까망이

넓고 넓은 바다 어느 곳에 작은 물고기 형제들이 살고 있었어요.

모두 다 빨간데 한 마리만은 말씹조개보다도 새까맸어요. 하지만 헤엄만큼은 누구보다도 빠르게 잘 쳤지요.

이름은 까망이예요.

어느 날, 무서운 다랑어가 고픈 배를 채우기 위해 미사일처럼 빠른 속도로 돌진해 왔어요.

다랑어는 빨간색 작은 물고기들을
한 마리도 남김없이 한 입에 집어삼켰어요.

달아난 것은 까망이뿐이었지요.

까망이는 어두운 바다 밑으로 헤엄쳐 들어갔어요. 쓸쓸하고, 너무너무 슬펐어요.

하지만 바닷속에는 멋진 것들이 가득했어요.
까망이는 재미있는 구경을 하면서 차츰차츰 기운을 되찾았어요.

무지갯빛의 젤리 같은 해파리, 물 속 불도저 같은 왕새우, 난생 처음 보는 물고기들.

까망이는 갖가지 물고기들의 모습에 넋을 잃었어요.

드롭스 같은 바위에 숲처럼 무성하게 자라 있는

다시마와 미역.

꼬리를 본 뒤 얼굴을 볼 때쯤이면 꼬리가 생각나지 않으리만큼 기다란 장어.

그리고 바람에 흔들리는 분홍색 야자나무 같은 말미잘.

그러다 까망이는 바위 뒤에서 발견했어요. 까망이와 똑같이 작은 물고기 형제들을.

까망이가 말했어요.

"이리 나와 봐. 우리 함께 놀자. 온통 재미있는 것들이야."

그러자 빨간색 작은 물고기들이 말했어요.

"안 돼. 큰 물고기들한테 잡아먹혀."

"하지만 언제까지나 거기 꼼짝 않고 있을 수는 없잖아. 무슨 수를 써야지."

까망이는 생각했어요. 골똘히 생각했지요.

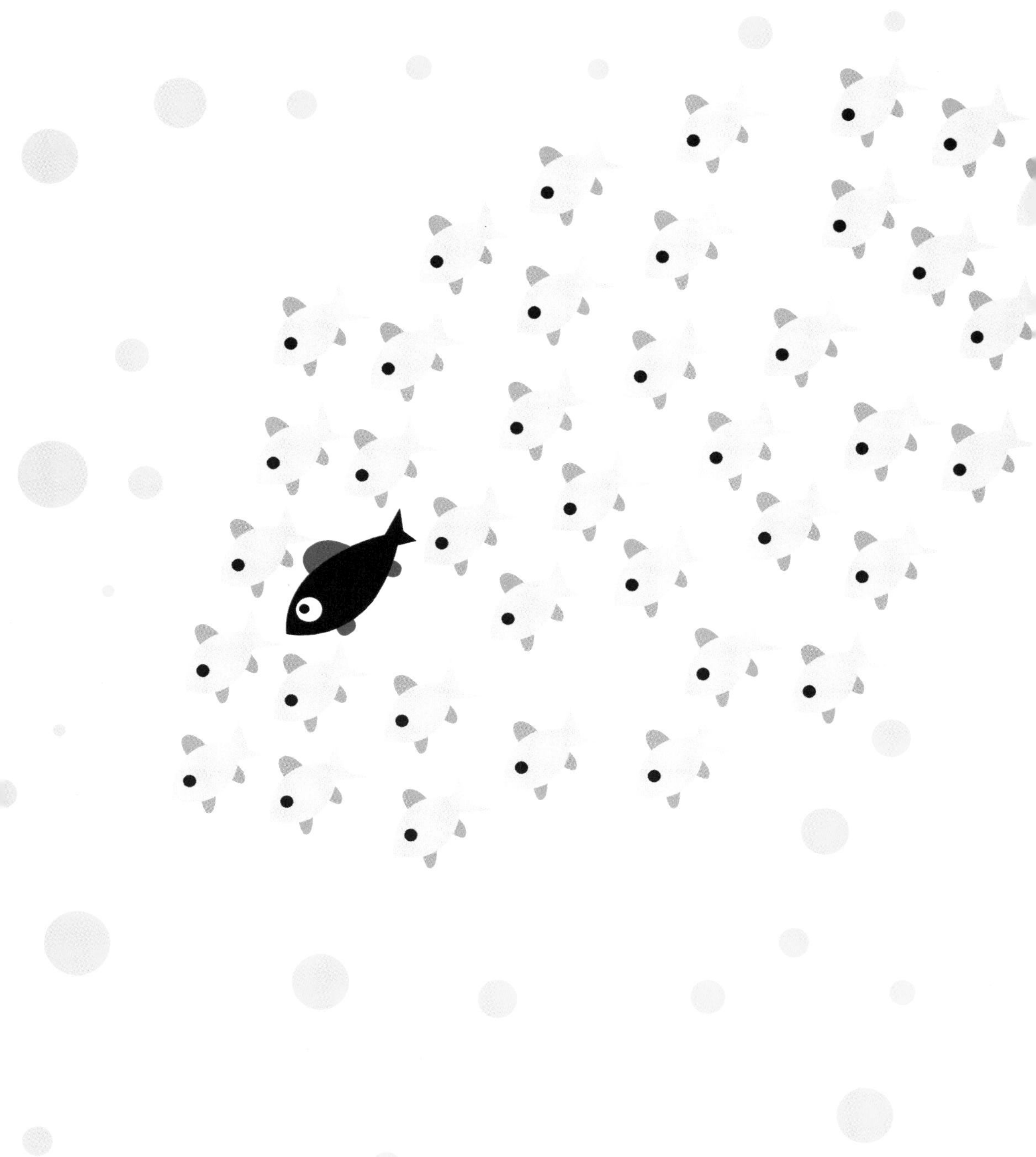

느닷없이 까망이가 소리쳤어요.

"그래! 모두 함께 헤엄치는 거야. 바다에서 제일 큰 물고기 흉내를 내며."

까망이는 모두에게 일러 주었어요. 절대로 따로 따로 떨어져서는 안 된다, 각자 자기 자리를 지켜야 한다고.

모두가 한 마리의 커다란 물고기 모양으로 늘어서서 헤엄을 치게 되었을 때 까망이가 말했어요.

"내가 눈이 될게."

이렇게 해서 아침의 차가운 물 속에서, 한낮의 반짝이는 물 속에서 모두 함께 헤엄치며 커다란 물고기를 쫓아냈어요.

나는 무엇으로 만들어졌을까

아기곰 곰비는 아침밥으로 빵과 꿀과 달걀 프라이를 먹어요.

엄마곰은 달걀을 한 쪽 손으로 톡 하고 프라이팬에 깨뜨려 넣고 멋진 솜씨로 부친답니다.

하얀 접시에 놓인 달걀 프라이는 금빛으로 반짝거려요.

곰비는 빵에 꿀을 발라 먹었어요. 그리고 달걀 프라이를 숟가락으로 떴어요.

"엄마, 톡 하고 달걀을 깨뜨렸지요? 그러니까 달걀이 퐁 하고 나왔고요. 어제도 그저께도 그랬지요?"

"그랬지. 달걀이 어디 이상하니?"

곰비는 감탄하며 한숨을 쉬었어요.

"톡 하고 깨뜨리면 언제나 똑같은 것이 나와요. 저는 툭하면 틀리는데 말예요. 조금도 틀리지 않아요."

"그래. 그런데 그게 무슨 말이니?"

"있잖아요, 달걀 속에서 구슬이라든가 성냥 같은 게 나오지 않는다고요."

"어머머, 그럼 큰일이지."

엄마곰은 눈을 동그랗게 떴어요.

"톡 하고 깨뜨리니까 달걀 속에서 성냥이 나온다면 우리 곰비의 아침밥은 어떻게 하지?"

곰비는 숟가락으로 달걀 노른자를 떠서 핥아 먹었어요.

"달걀은 노른자와 흰자로 되어 있네요."

"그렇단다, 곰비야."

하고 신문을 보고 있던 아빠곰이 말했어요.

"이 숟가락은 무엇으로 만들어졌어요?"

곰비는 숟가락을 바라보면서 말했어요.

"그건 쇠야. 스테인리스라는 쇠로 만들어졌단다."

"그럼 이 빵은요?"

"빵은 밀가루로 만들지."

"음, 그럼 내 의자는요?"

"그건 나무고."

"방석은요?"

"그건 옷감과 푹신푹신한 솜으로 만들어졌지."

"그렇구나!"

곰비는 감탄해서 입을 다물지 못했어요.

"컵은 유리. 구슬도 유리고. 신문은 종이고, 이 접시는 플라스틱. 나는 무엇이 무엇으로 만들어졌는지 다 알게 되었어. 그래, 아기여우에게 가르쳐 줘야지."

곰비는 후닥닥 빵을 먹었어요. 꿀도 달걀 프라이도 깨끗이 핥았어요. 그리고 손을 탁탁 쳐서 빵부스러기를 턴 다음,

"잘 먹었습니다!"

하고 인사하고 밖으로 나왔어요.

마침 미나리아재비 들판을 암탉이 산책하고 있

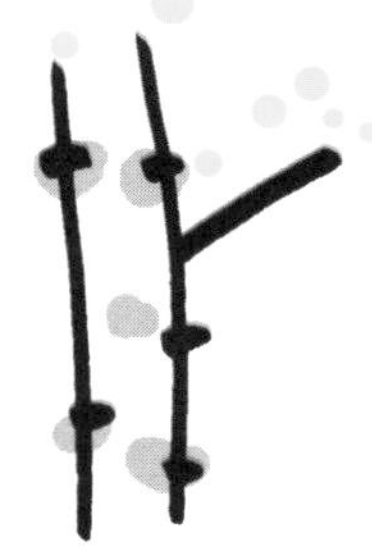

었어요.

"암탉 아줌마, 매일매일 달걀을 주셔서 고맙습니다."

곰비가 공손히 인사를 했어요.

"안녕, 곰비야? 어디 가니?"

암탉이 말했어요.

"저기요."

하며 곰비는 암탉의 배를 빤히 쳐다보았어요.

"저기요, 암탉 아줌마. 어제 제가 달걀을 받으러 갔더니 달걀을 낳아 주셨지요? 그럼 오늘은,"

"달걀을 하나 주마."

암탉이 말했어요.

"내일은요?"

"달걀을 또 하나 낳아 주마."

"모레는요?"

"응, 모레도 글피도 곰비가 받으러 오면 그 때마 다 낳아 주마."

"암탉 아줌마의 몸에는 달걀이 몇 개나 들어 있어요? 한 백 개?"

하고 곰비가 물었어요.

암탉이 고개를 갸우뚱거렸어요.

"글쎄다. 세어 본 적이 없어서 잘 모르겠구나. 백 개보다 더 많지 않을까?"

"와!"

곰비는 탄성을 올렸어요.

"그렇다면 암탉 아줌마는 달걀로 만들어졌구나!"

"뭐라고? 내가 달걀로 만들어졌다고?"

꼭꼭꼭.

암탉은 무슨 말인가를 하려고 눈을 깜박거렸어요. 그 바람에 풀 위에 달걀을 퐁 하고 낳아 떨어뜨렸어요.

"앗, 고맙습니다!"

곰비는 갓 낳은 따뜻한 달걀을 손에 들고 암탉과 헤어졌어요.

"안녕, 곰비야? 어디 가니?"

곰비는 아기여우를 만났어요.

아기여우는 곰비의 손에 놓인 달걀을 말끄러미 바라보면서 말했어요.

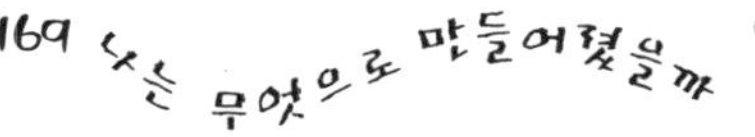

"그거 어디서 났니?"

"방금 암탉 아줌마한테 받아 왔어."

하고 곰비가 대답했어요.

"그런데 아기여우야, 암탉이 무엇으로 만들어졌는지 아니? 잘 모르지?"

"그거야 뻔하지. 암탉은 뼈와 고기와 날개로 만들어졌어. 그것도 몰랐니?"

"틀렸어! 암탉의 몸에는 백 개도 넘는 달걀이 들어 있어. 그렇지 않다면 어떻게 매일 달걀을 낳을 수 있겠어? 암탉은 틀림없이 달걀로 만들어졌어."

그러자 아기여우가 수염을 씰룩거리면서 말했어요.

"그럼, 곰비 너는 대체 무엇으로 만들어졌니?"

"나는……."

곰비는 당황했어요.

“아침에 빵과 꿀과 달걀을 먹었으니까 빵과 꿀과 달걀로 만들어졌나…….”

“암탉은 달걀을 낳아. 하지만 곰비는 달걀을 낳지 않아. 달걀을 낳는 대신에 몸에서 오줌이 나오지. 하하하, 곰비는 오줌으로 만들어졌어. 그럼 이 달걀은 내가 가져간다. 안녕!”

아기여우는 금방 낳은 달걀을 곰비의 손에서 낚아채더니 부리나케 달아났어요.

“거짓말이야. 나는 절대로 오줌 같은 걸로 만들어지지 않았어.”

곰비는 아기여우에게 덤벼들었어요.

그러자 아기여우는 바람처럼 달아났어요. 그 뒤를 쫓던 곰비는 발을 헛디뎌 넘어졌어요. 뾰족한 돌멩이가 곰비의 발을 찔렀어요. 곰비는 너무 아파

서 울기 시작했어요.

"아이고, 아파라. 엉엉!"

곰비는 울면서 발을 문질렀어요. 짧고 텁수룩한 털 사이에서 발에 박힌 돌멩이를 빼냈어요. 돌멩이가 박혔던 자리에 피가 묻어 있었어요.

"앗, 피다!"

곰비가 상처를 들여다보고 있으려니 눈물 방울이 톡 떨어졌어요.

"아아, 아파."

곰비는 신음 소리를 냈어요. 그러다 어? 하고 생각했어요.

'내 몸에서 나오는 건 오줌뿐만이 아니잖아. 피도 나오고, 눈물도 나오고. 아기여우는 거짓말쟁이야.'

곰비는 울음을 멈추고 벌떡 일어났어요. 발의 상

처가 욱씬욱씬 쓰라렸어요.

욱씬욱씬, 거짓말쟁이. 욱씬욱씬, 거짓말쟁이.

발이 '힘을 주어!' 하고 말하는 듯했어요.

곰비는 걷기 시작했어요.

미나리아재비꽃이 반짝반짝 빛나고, 상쾌한 바람이 들판을 스치고 지나갔어요.

곰비는 풀 위에 드러누워 파란 하늘을 바라보았어요.

"내가 오줌으로 만들어졌다는 건 말도 안 돼. 내가 오줌이라면, 오줌이 발이 아프다든가 하는 생각을 하겠어?"

곰비는 데구루루 굴렀어요.

"여기서부터 이 풀밭을 데굴데굴 굴러서 돌아가야지."

데굴데굴 구르자 곰비의 등과 배 언저리를 파란

하늘과 부드러운 풀이 번갈아 가며 빙글빙글 돌았어요.

데굴데굴데굴데굴 데구루루.

곰비는 구르면서

'발이 아파도 괜찮아. 데굴데굴데굴데굴, 재미있는데. 나는 곰비야. 아기곰 곰비는 아픈 것도 느끼고, 먹고 싶은 것도 알고, 화가 나기도 하고, 기쁘기도 해. 오줌이라면 절대로 그런 걸 생각하지 못해. 굴러서 집에 돌아간다는 멋진 생각도, 눈물도 피도 생각하지 못해.'

하고 생각했어요.

데굴데굴 데굴데굴 데구루루 우당탕!

곰비는 집의 출입문에 부딪쳐 멈춰 섰어요.

"아이고, 아파라!"

곰비는 벌떡 일어났어요.

엄마곰이 얼굴을 내밀었어요.

"어머, 곰비구나! 왜 그러니?"

"제가 아프다고 말했어요. 이 곰비가요. 엄마, 다녀왔습니다!"

곰비가 말했어요.

"있잖아요, 엄마. 저 알았어요. 제가요, 무엇으로 만들어졌느냐 하면요,"

곰비는 자랑스럽게 말했어요.

"저로 만들어졌어요. 곰비는 곰비로 만들어졌다고요. 그렇죠, 아빠? 그렇지요?"

손바닥 백과

일본을 상징하는 후지 산

후지 산은 높이가 3776미터에 이르는, 일본에서 가장 높은 산입니다(백두산은 2750미터).

백두산에 천지연, 한라산에 백록담이 있듯이 후지 산 정상에도 분화구가 있습니다. 또한 후지 산에는 수많은 폭포와 호수가 있어 관광지로서도 큰 인기를 끌고 있습니다.

후지 산은 예부터 일본 사람들의 신앙의 대상이 되어 왔으며, 오늘날에도 일본의 상징으로 여겨지고 있습니다.

사자와 코끼리의 알

올해도 임금님 방의 창문 위에 제비가 찾아왔어요. 제비는 열심히 둥지를 고치고 있어요.

임금님은 걱정이 되어서 이따금 슬그머니 내다보곤 하십니다.

"이제 다 되었나?"

하시며 공부 시간에도 밖에만 신경을 쓰십니다.

"자꾸 바라보시면 둥지가 망가져요."

임금님의 선생님이 말했어요.

"안 돼, 안 되고말고. 망가지면 안 되지."

"그렇담 차분히 공부나 하십시오."

제비는 알을 낳았고, 이윽고 아기제비가 태어났어요.

"삐삐 치치."

어미제비가 먹이를 물고 오면 얼마나 시끄러운지 몰라요.

하지만 크게 입을 벌리고 먹이를 기다리는 모습은 참 귀여워요.

임금님은 매일매일 제비집을 올려다보았어요.

"아기제비가 다 자랄 때까지 공부를 쉬어야겠다."

드디어 임금님의 입에서 공부를 중단하시겠다는

말씀이 나왔어요.

임금님은 더 이상 참지 못하고 엄마제비에게 물었어요.

"나에게 귀여운 아기제비 한 마리만 주렴. 내가 소중히 잘 키워 줄 테니."

하지만 엄마제비는 단호하게 말했어요.

"안 됩니다. 임금님껜 사자나 코끼리를 키우시는 것이 어울리십니다."

임금님은 그것도 맞는 말이라고 생각했어요. 사자나 코끼리의 아기도 귀여울 듯싶었거든요.

"사자와 코끼리는 어디에 있느냐? 어디서 아기를 낳느냐?"

"제가 이 곳에 오기 전에 살던 곳에 있습니다. 아프리카라는 곳입니다."

"아프리카?"

임금님은 아프리카에 가 보고 싶었어요. 그러나 아프리카가 어디에 있는지, 어떻게 가야 하는지 몰랐어요.

아기제비는 이제 날 수 있게 되었어요.

그리고 제비들이 다시 아프리카로 돌아갈 때가 되었어요.

임금님이 제비에게 말했어요.

"이보게, 제비. 나를 아프리카란 곳으로 데려다 주게."

"임금님께서는 날개가 없으셔서 아프리카에 가실 수 없습니다."

"아니, 괜찮아. 무슨 짓이라도 해서 갈 테다."

마침내 임금님을 아프리카로 모시고 가기로 했어요.

커다란 해먹이 준비되었어요.

"이거면 됐어. 제비들 여럿이서 해먹을 끌고 날면 돼."

제비가 해먹을 보고 깜짝 놀라며 말했어요.

"임금님, 몇 날 며칠 동안 계속해서 날아야 합니다. 배가 고파서 안 됩니다."

그러자 임금님이 말했어요.

"그런 건 걱정 말게. 도시락을 충분히 준비하면 되네."

요리사에게 명령을 내려 도시락을 싸게 한 다음 도시락을 해먹에 실었어요.

"자, 가자!"

그러자 제비가 말했어요.

"임금님, 하늘 위는 매우 춥습니다."

임금님은 그 말을 듣고,

해먹 : 기둥 사이나 나무 그늘 같은 데 달아매어 잠자리로 쓰는 그물.

“그런가? 어서들 가서 난로를 가져오너라.”
하고 말했어요.

신하들이 난로를 들고 와 해먹에 실었어요. 뿐만 아니라 스웨터 3장, 머플러 3장, 장갑도 3개 실었지요.

제비는 걱정이 되어 말했어요.

“도중에 바다를 건너야 합니다.”

“떨어져도 괜찮네.”

임금님은 태평하게 대답하고 보트를 가져다 해먹에 싣게 했어요. 수영복과 외투도 준비했고요.

제비는 기가 막혔어요.

“매일같이 바다만 바라보고 계시면 너무 심심하실 텐데요.”

“텔레비전을 가져가자. 책도 싣고.”

임금님은 빈틈없이 준비를 마쳤어요.

이제 해먹은 발 디딜 틈 없이 가득 찼어요. 임금님이 앉을 자리만 겨우 남았지요.

바로 그 때 비가 내리기 시작했어요.

"여봐라, 우산을 가지고 오너라!"

임금님은 우산을 썼어요.

"자, 가자!"

그런데 이번에는 바람이 불어 왔어요.

눈 깜짝할 사이에 우산이 바람에 불려 날아갔어요. 책도 날아갔어요.

그뿐인가요. 보트가 텔레비전에 부딪쳐 유리창이 깨어졌어요.

도시락도 뒤집혔어요.

그 때 바람을 타고 제비들이 찾아왔어요. 수없이 많은 제비가 날아왔어요.

"임금님, 갑시다!"

임금님은 당황해서 말했어요.

"기, 기다리게. 조금만 더 기다려 주게. 준비를 다시 할 테니."

"준비를 다시 할 때까지 기다릴 수 없습니다. 차가운 비가 내리고 차가운 바람이 불면 우리는 날 수 없습니다."

"큰일났구나! 어떻게 하지?"

임금님은 발을 동동 굴렀어요.

"자, 모두들 가자!"

제비들은 날개를 펴고 하늘로 날아오르기 시작했어요.

임금님은 너무너무 아쉬웠지만 하는 수 없이 말했어요.

"그럼 내년에 올 때 사자의 알과 코끼리의 알을

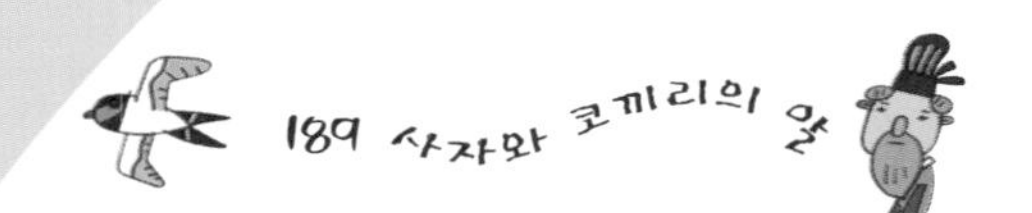

갖다 주게. 내가 따뜻하게 감싸 알에서 깨게 한 다음에 정성껏 잘 기를 테니까."

"알겠습니다. 사자의 알과 코끼리의 알을 발견하면 가져오겠습니다."

제비들이 날개를 흔들었어요. 모두들 속으로 웃는 듯했어요.

논술 기초 다지기

재미있게 읽어 보았나요? 다음의 문제를 풀면서 논술의 기초를 튼튼하게 다져 보세요.

1 〈병아리〉에서, 병아리는 어떻게 연못 건너편으로 갔나요?

① 깡충 뛰어넘어서　　② 연못가를 빙 돌아서

③ 헤엄쳐서　　④ 붕 하고 날아서

2 (　) 안에 알맞은 말을 보기에서 골라 번호를 쓰세요.

① 주먹밥은 (　　) 구르더니 구멍 속으로 (　　) 들어가 버렸어요.

② 할아버지는 (　　) 흥겹게 춤을 추기 시작했어요.

③ 할아버지와 할머니가 방망이를 흔들자 쌀과 금돈이 (　　) 쏟아져 나왔어요.

1. 좌르르좌르르　2. 덩실덩실　3. 데굴데굴　4. 쏙

3 〈바닷가의 새끼 고양이〉에서, 새끼 고양이의 소원은 무엇인가요?

① 새처럼 하늘을 나는 것

② 바닷물고기처럼 헤엄치는 것

③ 게처럼 옆으로 걷는 것

④ 물고기를 마음껏 먹어 보는 것

4. 〈물레 돌리는 너구리〉를 읽고, 너구리가 어떻게 생각되었나요?

5. 〈토끼와 장화〉를 재미있게 읽었나요? 장화를 또 어떤 데 사용할 수 있을까요? 마음껏 생각해서 써 보세요.

6. 〈편지〉를 읽어 보았나요? 두꺼비에게 편지를 써 보세요.

7. 〈이상한 보따리〉를 읽고, 여러분이라면 상자 속에 무엇이 들었을 거라고 상상했을까요?

8. 다음 동화의 제목을 여러분이 재미있게 바꿔 보세요.

① 까망이 ――→ (　　　　　　　　)

② 사자와 코끼리의 알 ――→ (　　　　　　　　)

③ 생선 장수 어머니 ――→ (　　　　　　　　)

④ 깨어진 밥그릇 ――→ (　　　　　　　　)